CLELIA

GIUSEPPE GARIBALDI

Vol. II

PARTE SECONDA

CAPITOLO LII
LA PEREGRINAZIONE

Il *solitario* è sul continente ove lo chiamarono i suoi amici. Egli ha lasciato la sua dimora per compiere un dovere verso quella Italia a cui egli ha dedicato l'intiera sua vita.

Egli deve fare una peregrinazione di propaganda in molte parti della penisola e principiare dal Veneto. Lo scopo è d'illuminare sulle elezioni politiche le popolazioni, non solo, ma di seminare il germe dell'emancipazione della coscienza che può portare l'Italia ad un nuovo primato, ad una nuova iniziativa che conduca l'umanità alla distruzione di quel tabernacolo d'idolatria e d'impostura che si chiama Papato, guidandola sulla via della religione del *Vero*.

Noi ne seguiremo le orme tra il clamore delle moltitudini entusiastiche, festanti, alla vista dell'uomo del popolo, plaudenti alle sue dottrine d'insofferenza di dominio straniero e di umiliazioni e soprattutto esultanti alle schiette sue manifestazioni sulle turpitudini clericali e sul connubio liberticida tra il Papato e le volpi di Corte che governano l'Italia.

"Io seguo la religione di Dio!—egli dice—non la religione del prete.

Dio, padre dell'umanità intiera, vuol tutti gli uomini fratelli e felici. I preti dividono gli uomini in cento sette diverse, che reciprocamente si maledicono.

Essi attizzano gli uni contro gli altri popoli a sbranarsi, trucidarsi, distruggersi e condannano senza pietà alle pene dell'inferno i novecento milioni d'esseri umani che non appartengono alla loro bottega. Non seguo la religione del prete io, perché il prete degrada Dio, ne fa un essere materiale, passionato, coi difetti stessi che offuscano questo misero insetto chiamato uomo, a cui fa mangiare Dio, lo fa digerire! e poi!… Anatema all'impostore che si chiama ministro di Dio! e che così lo deturpa e lo prostituisce!

Il prete che insegna Dio è un mentitore, poiché nulla egli sa di Dio.

Egli, sacerdote dell'ignoranza, persecutore della sapienza, insegna Dio! Ma se Dio avesse voluto rivelarsi all'uomo lo avrebbe fatto ai Kepleri, ai Galilei, ai Newton, non a questi miserabili adoratori del ventre.

E fu veramente una scintilla divina che illuminò quei grandi nelle vie celesti, quando essi scorsero sotto *l'etereo padiglione rotare i mondi* e ne manifestarono alle nazioni attonite i moti, le leggi e l'armonia a loro impressa dell'Onnipotente. Il prete, sacerdote delle tenebre, colpito nelle sue miserie e nelle sue menzogne, trascinò il più grande degli italiani, Galileo, sull'altare dell'impostura, e con torture orribili volle fargli abiurare la grande dottrina del vero!

Ed i preti passeggiano sulla terra di Galileo da padroni; e l'Italiano porge le impudiche sue labbra all'umiliante, vergognoso baciamano!

La fratellanza umana è impossibile coi preti.

Il cattolico danna all'inferno l'umanità non cattolica. Il dervis, prete dei turchi ci chiama, infedeli, maledetti, ed eccita le plebi a lapidarci. Il bonzo e tant'altra canaglia impostura fa lo stesso. E voi non potete passeggiare per le vie di Stamboul e di Canton perché la vostra vita è messa in pericolo da quei fanatici.

La maggior parte delle guerre, e le più sanguinose, furono, e sono fomentate dai preti.

La recente guerra di Crimea, ove perirono tante migliaia d'uomini e dove s'inghiottirono immensi tesori, fu suscitata dai preti. In una chiesa di Gerusalemme chiamata il Santo Sepolcro celebravano la messa un prete greco e un prete cattolico. Un bel giorno quegli oziosi litigarono sulla preminenza, uno volendo dir messa prima dell'altro. La lite fu portata davanti gli imperatori di Francia e di Russia; ne seguì la guerra e vi presero parte l'Inghilterra e l'Italia e se ne ebbe per risultato l'immenso macello. L'Inghilterra è oggi in angustie per l'insurrezione dell'Irlanda suscitata dai preti. Dio salvi il mondo da una simile insurrezione negli Stati Uniti ove su trentatré milioni d'abitanti quasi la metà è di cattolici fanatici e compatti sotto la dittatura d'un vescovo, mentre le altre sette sono divise e si odiano cordialmente".

In questa guisa parlava il *solitario* alle moltitudini che lo richiedevano d'una parola e le moltitudini applaudivano a quelle verità sacrosante e piangevano e baciavano le falde del mantello del popolano e giuravano di essere con lui a qualunque cimento.

Alla mattina, la maggior parte di quella folla che avea pianto e giurato di seguire i precetti del *solitario* era ammassata nel peristilio d'una bottega ove si vende l'indulgenza di Dio a contanti, ove l'idolatria, sotto le forme della creatura, ha eretto il simulacro vano e mentitore dell'onnipotente.

Tale è il popolo e tale sarà forse per molto tempo ancora. Terribile nelle sue ire suscita sovente il cataclisma delle rivoluzioni e più sovente è guidato con un fil di seta dall'impostura e dall'astuzia quasi sempre da chi è men degno di guidarlo e tende a profittare del frutto delle sue fatiche e del suo sangue.

Socrate, Gesù, Rienzi, Masaniello, i Gracchi, tribuni coraggiosi del popolo, sacrando ad esso la loro vita, son rinnegati e crocifissi! E la sorte dei tribuni moderni, sarà essa più fortunata? Che importa! Cos'è la vita? tanto sotto il saio come sotto la rossa camicia può battere la coscienza del giusto!

In fine i Cesari ed i Napoleoni vengono a scialacquare il frutto del cruento eroismo delle nazioni, ma un pugnale o il tedio delle nequizie rovescia talora nella polve anche que' simulacri della grandezza e dell'ingiustizia.

CAPITOLO LIII
VENEZIA

Parata a festa, la regina della laguna accoglieva su d'un Buccintoro moderno il suo simpatico visitatore, colui che per due volte (1848-1849) aveva voluto partecipare ai disagi, ai pericoli ed alle battaglie di lei. Egli la prima volta, già col piede sul legno che dovea trasportarlo a Venezia, fu chiamato alla difesa della pericolante metropoli delle nazioni e pugnò contro i discendenti di Brenno; e tinse del suo sangue il granito del ponte ove Coclite avea da solo sostenuto l'urto dell'intiero esercito di Porsenna.

Sulle alture di Preneste e di Velletri egli vide in fuga il tiranno, padre del tirannello che poi abbandonò il trono ai valorosi suoi mille e così fu rovesciato nella polve quel governo *prima negazione di Dio*.

Dio gli dia vita per contemplare i frantumi del secondo governo, negazione più impudente di Dio che il primo e più fatale all'Italia, la *Negromanzia*.

Ma Roma cadeva sotto i colpi del dispotismo Europeo, spaventato dal rivivere della padrona del mondo e dal terribile incubo della repubblica, e capitanato dalla grande repubblica di Francia condannata a morte per questo suo orrendo misfatto.

Il Bonaparte, nemico di tutte le libertà, e protettore di tutti i tiranni, volle, come per saggio, provare le sue armi contro Roma ove approdò sulle ali della menzogna e, consumato quel delitto di lesa-nazione, rovesciò i suoi inganni ed i suoi satelliti sul popolo credulo di Parigi e ne fe' macello per le strade senza distinzione di età e di sesso.

Dio rimeriti l'assassino del due dicembre e della libertà del mondo!

Cessata la difesa di Roma, non disperando delle sorti dell'Italia, il *solitario* ne uscì con pochi seguaci, decisi a tener la campagna ma ci vuol altro ai popoli per liberarsi! Un pugno di prodi all'Italia non manca mai; ma contro quattro eserciti, un pugno di prodi non basta!

È vero, che in questi giorni lo spirito nazionale è innalzato e il pugno di prodi accresciuto, ma in quegli infausti giorni le popolazioni guardavan passare stupite ed impaurite considerando perduti irremissibilmente quegli avanzi della difesa di Roma. Non un sol uomo venne ad accrescere le loro file. Al contrario, ogni mattina una quantità d'armi sparse sul terreno attestava il numero dei fuggiaschi. E quelle armi si caricavano sui muli e sui carri che accompagnavano la colonna e la colonna a poco a poco, avea più carri e muli che individui. E a poco a poco la speranza di sollevare quel popolo di servi svaniva nell'anima dei fedeli e coraggiosi superstiti.

A San Marino, vedendo che non v'era più volontà di combattere uscì un ordine del giorno del *Solitario* che congedava i militi rimandandoli alle loro case.

Quell'ordine del giorno diceva: "tornate alle vostre case, ma ricordatevi che l'Italia non deve rimanere serva". I più presero la via del ritorno. Ma v'erano non pochi disertori dell'Austria e del governo papale soggetti alla fucilazione e questi vollero accompagnare il loro capo nell'ultimo tentativo di guadagnare Venezia.

Qui comincia una storia più dolorosa ancora. Anita, compagna inseparabile del *solitario* neppure in questo terribile estremo consentì ad abbandonarlo. Invano lo sposo si affaticava a persuaderla di rimanere a San Marino: incinta, spossata, inferma, non vi fu verso di persuaderla. La coraggiosa donna non volle udire ammonizioni e rispondeva al suo diletto: ch'egli voleva abbandonarla!!

Attorniato da corpi di truppe austriache, cacciato dalla polizia papalina, dopo una marcia di notte, delusi i persecutori, quello stanco avanzo dell'esercito Romano giunse alle porte di Cesenatico allo spuntare della mattina.

"Scendete e disarmateli!" esclamava il *solitario* ai pochi individui del suo seguito a cavallo e stupefatti i soldati delle guardie austriache si lasciarono disarmare. Poi si svegliarono le autorità e si richiesero loro pochi viveri e alcuni bragozzi per imbarcare la gente.

Non si può negare, la fortuna era stata favorevole al *solitario* in varie difficili imprese; ma qui, doveva cominciare per lui un infausto episodio di difficoltà, di contrarietà e di sciagure. Un nembo da Bora, scoppiato nell'Adriatico in quella stessa notte, aveva imperversato sul mare e la stretta bocca del porto di Cesenatico era un frangente. Immensi furono gli sforzi che si fecero per uscire dal porto co'

5

bragozzi carichi di gente, in numero di tredici! Ma solo all'alba vi si riuscì ed all'alba gli Austriaci rinforzati e numerosi entravano in Cesenatico.

Si veleggiò, il vento spirò favorevole ed all'alba dell'altro dì, quattro dei bragozzi, uno dei quali col *solitario*, Anita, Cicerovacchio e i figli, con Ugo Bassi, sbarcarono nelle foci del Po. Anita nelle braccia dell'uomo del suo cuore sbarcò morente! Gli altri nove bragozzi s'erano arresi alla squadra austriaca, che al chiarore del plenilunio, scoperti i piccoli legni, li avea fulminati di cannonate.

Come segugi in traccia delle fiere gli esploratori nemici inviati a perseguire i fuggenti, gremivano la spiaggia. Anita giaceva poco lontano in un campo di frumento, e vicino a lei il *solitario* che le sorreggeva il capo. Leggiero, l'unico compagno, gli rimaneva, spiando tra gli interstizi degli steli i maledetti bracchi che cercavano preda di sangue. Cicerovacchio, Bassi e nove compagni che avevano prese direzioni diverse per sfuggire al nemico, perché così erano d'intesa con me, furono arrestati tutti dagli Austriaci e fucilati come cani.

Eran nove; a forza di bastonate si condussero nove contadini a scavar nove fosse nella sabbia ed una scarica del picchetto di stranieri soldati spacciò gli infelici. Il più giovane figlio del tribuno romano si moveva non ben morto dopo la fucilazione ma il calcio del fucile d'un austriaco gli fracassava il cranio.

Bassi ed il suo compagno Pizzaghi ebbero la stessa sorte a Bologna.

Lo straniero ed il prete gozzovigliarono nel più puro sangue italiano e la iena di Roma rimontava il suo trono contaminato sui cadaveri dei cittadini suoi fatti sgabello!

Ecco la storia secolare del papato che il despotismo cerca di eternare in Italia!

Serva agli italiani questo esempio di freddo eccidio de' loro onesti e prodi concittadini e possa insegnar loro a non più lasciare la patria terra in preda allo straniero ed ai preti suoi manutengoli, assuefatti a servirsene di villeggiatura, poi devastarla e prostituirla!

Il *solitario*, col caro peso della compagna sua, vagò addolorato tra le valli del basso Po sino a che non gli rimase che a chiuderle gli occhi e pianse sulla fredda salma di lei lacrime di disperazione. Vagò, vagò per foreste e per monti, incalzato dovunque dalla sbirraglia del Papa e dell'Austria. Ma la sorte lo serbava a nuove fatiche ed a nuovi pericoli. I tiranni dell'Italia lo troveranno sul loro sentiero, sul loro sentiero imbrattato di sangue e di delitti e guai a loro! perché, codardamente fuggenti, gli lasceranno le loro mense imbandite ed i tappeti de' loro superbi palagi porteran per un pezzo l'impronta del suo rozzo calzare!

Intanto egli è a Venezia per cui tanto aveva sospirato. Le lagune coperte di gondole salutano tripudianti la camicia rossa senza macchia e senza paura, simbolo del riscatto nazionale, ma puro, ma con ferro italiano!

CAPITOLO LIV
ROMA IN VENEZIA

Eran le undici della notte. Le gondole ingombravano i canali di Venezia e la piazza S. Marco, illuminata a giorno, era sì affollata di gente, da non potersi distinguere un palmo solo del suo lastricato. Dal balcone del palazzo Zecchin, parte dell'antica Procuratia che limita la piazza a tramontana, il *solitario* aveva salutato il popolo e quel saluto al popolo redento, alla grande mendica, all'antico baluardo della civiltà europea, alla venduta di Campoformio, era corrisposto freneticamente dalla moltitudine esultante e commossa.

Ed anche il *solitario* era commosso e tra sé pensava: "i solchi che il despotismo lascia impressi sul volto umano, anche qui possono distinguersi. Gli antichi dominatori del mondo furon trasformati dallo straniero e dal prete mago, la cui verga tuffata nella melma d'inferno, è solo atta a cambiare il bene in male, l'oro in immondizie e le nazioni le più prospere, le più potenti, in una turba di mendichi e di sagrestani. Questa stirpe, che si dice figlia della romana, fu pure invilita, degenerata!". E lui, che tanto ama il popolo, ne piangeva nell'anima addolorata!

Il *solitario* era commosso ma non per questo lasciava di gettare uno sguardo scrutatore sulla folla circostante. L'esperienza di cui non doveva mancare a sessantanni di una vita di tante prove lo avvisava di star cauto rispetto alla natura delle folle e degli assembramenti popolari ove nelle moltitudini si nasconde facilmente il ladro, l'assassino, la spia ed il prete, generalmente occulto sotto mentita veste. E veramente: in quella povera Venezia, surta appena dalla tirannide straniera, formicolava ancora gran parte di quella canaglia, che rende il despotismo possibile, vendendo l'anima a quattrini e molta se ne poteva distinguere da occhio esperto frammischiata al buono ed onesto popolo.

Girava dunque il suo sguardo sulla popolazione affollata il *solitario* quando un picchio leggiero sulla spalla lo fece accorto di Attilio. "Non vedi,—gli disse il suo amico,—quel ceffo camuffato col berretto alla veneziana frammischiarsi fra quei buoni popolani veneti? Egli è facile il riconoscerlo, come la vipera tra le lucertole, la tarantola velenosa tra le formiche. Quando cotesti rettili serpeggiano nelle moltitudini non è senza scopo. È un inviato di Roma, e certo c'è del nuovo per noi. Colui è Cencio. Addio!".

I nostri lettori ricorderanno l'agente subalterno di Don Procopio, per cui Gianni aveva affittata una stanza in vista dello studio di Manlio. Costui dopo la impiccatura del padrone era stato promosso a maggiori uffici ed era agente principale di S. E. il cardinale A…. primo ministro del papa.

Cencio, una volta liberale e traditore poi avea fatto tesoro delle cognizioni acquisite tra i democratici di Roma e perciò era reputato prezioso come agente segreto dalla curia cardinalesca. Vedremo ora qual era la sua missione in Venezia.

In un salone di casa Zecchin, affollato di visitatori, risplendevano sulle venete bellezze, le tre bellissime eroine nostre, Irene, Giulia e Clelia. La gioventù veneta assuefatta a contemplare le vezzose figlie della regina adriaca rimaneva ammirata all'aspetto delle tre romane, dico: tre romane poiché Giulia, che avea sposato il suo Muzio, benché figlia affettuosa della sua bella patria, vantavasi e si compiaceva dell'adottiva sua terra chiamandosi ella pure romana.

Irene, la più attempatella delle tre, conservava ancora tanta freschezza da nascondere sotto il maestosissimo portamento gli anni che aveva di più delle compagne. La sua bellezza era tale da poter servire di modello all'artista cui piacesse ricordarci le antiche e severe matrone della Roma dei Cincinnati.

Il matrimonio nulla avea tolto alle bellissime più giovani compagne e le tre, formavano un ornamento tale nel Veneto salone da tenere, come dissi, quella gioventù sospesa in ammirazione.

Accanto a Clelia stava Muzio e la buona Silvia con lui, talché delle nostre donne mancava solo l'Aurelia. Gettata in una vita romanzesca e di avventure che mai non avea sognato, quest'ultima finì con l'avvinghiarsi al buon capitano Thompson come l'ellera alla quercia. Benché un pochino repugnante da quelle certe tempeste il cui saggio tanto l'avea malconcia, pure col suo caro leone di mare a lato i marosi le sembravano assai meno spaventevoli.

Orazio e Muzio stavano insieme in un canto del salone conversando sugli avvenimenti del giorno quando Attilio, giungendo vicino ai due amici, partecipò loro la sua scoperta ed i tre s'incamminarono giù per le scale verso Piazza S. Marco.

Non furono pochi gli sforzi dei tre amici per rompere la moltitudine ammassata sulla piazza e penetrare sino all'oggetto della loro ricerca, ma vi pervennero alfine e mentre il *solitario* richiamato dal popolo al balcone gettava gli occhi verso il punto accennatogli prima da Attilio potè scorgere i suoi giovani amici che accerchiavano il finto popolano di Venezia.

La mano di ferro di Orazio strinse il polso dello sgherro come una tenaglia; Muzio con quel certo accento già noto al malvagio, fissandogli negli occhi i suoi occhi fiammeggianti:

"Con noi, Cencio—gli sussurrò—e tosto". Il familiare dei preti, il traditore delle Terme di Caracalla, tremò da capo a piedi, cambiò il rubicondo suo volto in quello di un cadavere e senza articolare parola seguì la via indicata da Muzio in mezzo agli altri due romani che lo spingevano avanti irresistibilmente.

CAPITOLO LV
IL GOVERNO RIPARATORE

Quando si pensa all'unificazione di questa nostra Italia ed a coloro che l'ebbero a reggere sulla spinosa via che ella percorse, e che percorre ancora, non si può a meno d'inchinarsi davanti ai decreti della provvidenza che veramente volle aiutarla fino a costituirsi in nazione.

Io sovente, meditando sulla sorte di questa bella, grande ed infelice nostra patria, nell'immaginazione mia, me l'ho figurata: un carro tirato avanti a stento dalla parte generosa del popolo cui è unica meta il bene generale e che segue la sua stella provvidenziale come faro salvatore. Poi, addietro attaccata, immaginai la turba malvagia de' reggitori coll'immensa coda de' loro satelliti scapigliati e spossati ma pure disperatamente intesi a far forza per trascinare indietro il veicolo dello stato anche a rischio d'infrangerlo. Il popolo, impoverito, umiliato da quella ciurmaglia grassa e nuotante nel vizio si ferma pacato, tranquillo nelle sue miserie, sgombra volonteroso gli ostacoli accumulati sulla sua via di redenzione e procede e procede ingenuamente fiducioso in un avvenire di riparazione.

Riparazione!? e da chi verrà la riparazione? Povero popolo!… dai restauratori del clericume, del gesuitismo, dell'impostura, ricondotti nel tuo seno, a spese delle tue sostanze per mantenerti nell'ignoranza e nella miseria?

Ai molti mezzi di corruzione impiegati dai potenti per tener in servaggio le popolazioni si aggiunge oggi il più scellerato, quello della setta nera, moltiforme, ricca, sostenuta dalla forza della nazione in mani infami. E questa è la riparazione che tu aspettavi, popolo infelice! paria!, ilota delle nazioni!

Riparazione!? Da chi riparazione? da chi s'inginocchia ogni giorno, ogni ora, a piedi del sacerdozio della menzogna?

Intanto uno degli agenti di cotesto sacerdozio camminava a capo basso attanagliato nei polsi da Orazio e da Attilio mentre Muzio apriva la via, non facile ad aprirsi, in mezzo a quella moltitudine. Finalmente giunsero i quattro in un'osteria situata in una viuzza che metteva nella Riva degli Schiavoni.

CAPITOLO LVI
DECRETO DI MORTE

Passiamo presto, e sulla punta dei piedi
quel mucchio di limo e di sangue che si
chiama Popolo.
(Guerrazzi)

Non è molto tempo trascorso che l'idra sacerdotale del Vaticano innalzava i suoi roghi nei chiostri della capitale del mondo cattolico ed all'aria aperta tra parecchie delle infelici nazioni che avevano la disgrazia d'essere ammorbate dalle sue dottrine come ad esempio la Spagna. Nei tempi moderni codesti errori non si tollerano più, ma l'idra dalle mille teste satolla ancora le sue libidini di sangue in molte altre guise: ferro, veleno, brigantaggi ed assassinii d'ogni specie.

Nella Curia romana una sentenza di morte, era stata pronunziata contro il principe T., fratello della nostra Irene, e Cencio con otto sicari della santa sede a' suoi ordini, doveva eseguire l'atroce mandato, profittando della confusione in cui si troverebbe Venezia all'arrivo del *solitario*.

Gli otto complici dell'ex-liberale erano in parte stati appostati nei dintorni dell'*Albergo Vittoria*, in tutti gli sbocchi da dove poteva capitare la vittima. Quattro di loro tenevansi in agguato in una gondola ben pagata, con istruzione segreta, di sbarazzarsi anche del gondoliere a cose finite per non avere indiscreti testimoni, che potessero deporre contro di loro. Cencio, si era riserbato, non l'azione principale dell'omicidio ma quella del segugio che si doveva tenere ostinatamente sulle calcagna del principe. Per fortuna del nobile romano la cabala fallì perché il segugio era stato tolto dalla pesta e non solo si trovava al sicuro nelle ugne dei tre amici ma doveva fare i suoi conti anche con un quarto personaggio che valeva ciascuno dei primi e questo quarto era niente meno che il nostro vecchio e ben noto Gasparo.

Gasparo, dopo i fatti da noi raccontati nei capitoli precedenti, toccato il suolo non pontificio, s'era offerto a servire da domestico il principe T., che ben volentieri lo prese seco. Con lui venne a Venezia e mentre il padrone s'intratteneva nei saloni del palazzo Zecchin, il poco paziente domestico, che s'era fermato sull'ingresso del palazzo a godersi le scene del popolo festante, vedendo i tre romani, che amava come figli fendere la folla con tanta precipitazione volle seguirli e così anche lui si trovò all'osteria sulla Riva degli Schiavoni alle calcagna di Cencio.

Descrivere lo stupore e la paura del mercurio clericale in mezzo ai quattro è cosa ben difficile. Essi lo condussero nella stanza più recondita dell'osteria in un piano superiore, dissero al cameriere che portasse loro da bere, e poi li lasciasse perché dovevano trattare d'affari, chiusero l'uscio a chiave, ordinarono allo sgherro di sedersi contro il muro, presero posto su di una panca collocata al di qua della tavola e cogli occhi fissi sul malvivente rimasero in attitudine di giudici inesorabili.

In altre circostanze forse il malandrino avrà sentito rimorsi, e si sarà pentito de' suoi tradimenti ma in questa vi assicuro che egli ne avea ben d'onde.

I quattro amici, freddi e tranquilli, come chi ha la coscienza della forza e dell'anima intemerata, contentavasi di fissare i loro occhi in quelli del perverso e questi fuori di sé, colla bocca e gli occhi spalancati sforzavasi di articolare delle voci che non volevano uscirgli dalla strozza, riuscendo penosamente a balbettare: "signori… io non…" ed altre parole mozze.

Fu un po' barbara la tranquilla pacatezza dei quattro romani e chi avesse potuto contemplare quella scena certo coll'immaginazione sarebbe corso al paragone del sorcio sotto l'inesorabile sguardo del gatto, che ne spia ogni minimo movimento, per lanciarvisi sopra e stritolarne le ossa sotto i denti. Se un pittore avesse potuto trovarsi presente a quel muto consesso ne avrebbe tolto il soggetto di un bellissimo quadro.

Già abbiamo descritto i primi tre, veri tipi degli antichi romani, di bellezza, di forme veramente artistiche.

Gasparo era, e con ragione, una di quelle figure che un romanziere francese avrebbe pagato a peso d'oro per poterne fare il suo *Brigant Italien* e fotografato da Bernieri il suo ritratto, avrebbe prodotto assai maggior lucro all'artista, che quello di qualunque sovrano d'Europa.

Era veramente una gran bella figura di brigante quel vecchio Gasparo, ma di buon brigante, di quelli che l'hanno a morte coi birri, ma che non si macchiano con azioni infami come quei mostri assoldati dai preti che commettono eccessi da far inorridire una tigre.

Anche il successore di Gianni, avrebbe fatto un'idonea comparsa in un quadro caratteristico e certo per rappresentarne la paura in tutta la sua bruttezza, nessuno avrebbe potuto servir meglio di lui. Inchiodato al muro cui appoggiava le spalle egli lo avrebbe rovesciato, forato, se la forza fosse stata pari alla volontà, coll'intento di potersi allontanare un po' più da quei quattro tremendi osservatori lì davanti a lui, fissi, impassibili, e che pure meditavano la sua rovina, forse il suo esterminio.

La voce austera di Muzio, dell'antico capo della contropolizia di Roma, fu la prima che s'udì rompere quel sepolcrale silenzio. "Dunque:—disse egli—io ti voglio contare una storia o Cencio, forse da te conosciuta come Romano, e che imparerai se per caso non la conosci; sta attento:

Un giorno i nostri padri, stanchi delle prepotenze del primo re di Roma che fra le altre amabili imprese, aveva ucciso con un pugno il fratello Remo perché si divertiva per scherzo a saltare il fosso di cinta fatto da Romolo, i nostri padri dico, in un senato consulto decisero di sbarazzarsi del loro re, un po' troppo manesco e con disposizioni un po' troppo dispotiche. Detto fatto! gli saltano addosso colle daghe sguainate e Romolo, benché valorosissimo, dovette cadere sotto i loro colpi. L'affare era fatto, ma al popolo romano alquanto innamorato del suo re guerriero, per non avere dei guai, bisognava contare qualche fandonia su quella morte e l'avviso d'un vecchio senatore prevalse su quello degli altri sul da farsi.

—Noi conteremo al popolo—disse il vecchio:—che Marte padre di Romolo disceso tra noi, dopo averci rimproverato d'essere un po' troppo ladri e quindi indegni d'aver a capo il figlio di un Dio, se l'ha preso seco e trasportato in cielo.

—E cosa faremo del corpo?—soggiunsero più voci di senatori.

—Del corpo?—disse il vecchio.—Niente di più facile che provvedervi—e sguainando la sua daga cominciò a tagliare a pezzi il cadavere. Quando ebbe terminata tale anatomia—ognun di voi, ora — disse—prenda uno di questi pezzi, lo nasconda sotto la toga e vada a gettarlo nel Tevere. Prima di domattina, i mostri marini avranno dato degna sepoltura a questi avanzi del fondatore di Roma.

Che te ne pare, Cencio? Senza essere re di Roma, né figlio di Dio, una morte cotale non ti parrebbe onorevole? per te che altro non sei che un miserabile traditore?".

"Per l'amor di Dio!…" gridò il satellite esterrefatto e piangente come un fanciullo e le lacrime per un pezzo gli soffocarono la voce. Alla fine alquanto sollevato dallo stesso pianto, ripigliò: "Io farò quanto mi chiederete, ma per l'amore che portate ai vostri amici, alle vostre donne, alle vostre madri, non mi fate soffrire una morte così crudele!".

"Parli di morte crudele!? Ma per uno sgherro, una spia, un traditore c'è forse morte troppo crudele?" rispondeva Muzio con quella impassibilità che Io distingueva. "Hai forse scordato quando vendevi la gioventù romana ai preti che poco mancò non la facessi crudelmente trucidare tutta dai loro carnefici?".

Nuovo pianto! nuovo pianto ancora scorreva dagli occhi del codardo.

Muzio: "Ora poi, la tua venuta a Venezia, bel soggetto! cosa significa? Chi t'ha inviato? A che sei venuto qui, perverso?".

"Vi racconterò tutto" era la risposta del malandrino. E l'altro: "Conterai tutto, vedremo! e nulla ti resti in fondo di quel sacco di malizie e di tradimenti che tieni al posto della coscienza".

"Tutto! tutto!" gridava Cencio come un energumeno. E come dimentico di quanto doveva narrare e sopraffatto ancora da immensa paura non sapeva da dove cominciare.

"Saresti più lesto nelle tue delazioni al Sant'Ufficio, boccone da forca", sussurrava Gasparo, col suo vocione. "Avanti!" esclamarono Orazio ed Attilio, rimasti pazientemente silenziosi sino a quel punto.

Un momento d'assoluto silenzio seguì quel primo atto un po' tempestoso, e Cencio principiava a narrare così: "Se vi è cara la vita del principe T....". "Del principe T.? il fratello d'Irene", sclamò Orazio varcando d'un salto la tavola ed afferrando il traditore per la gola!

Cencio, tra l'ugne di una tigre o tra gli abbracciamenti del re delle foreste avrebbe corso meno pericolo che non tra le mani del principe della campagna di Roma, che l'aveva agguantato al collo. Ma Attilio, con modo gentile: "Fratello,—disse ad Orazio,—abbi pazienza, lasciamolo parlare".

Veramente spacciato Cencio, addio rivelazioni. Ciò era chiaro come il sole, onde la suggestione del capo dei trecento di Roma fu capita da Orazio e sciolse dalla gola di Cencio le sue mani frementi.

"Se vi è cara la vita del principe T.—ripigliava il malvagio—andiamo insieme a farlo avvisato che un agguato di otto emissari del Sant'Ufficio lo apposta nei dintorni dell'*Albergo Vittoria*, ove egli sta d'alloggio".

CAPITOLO LVII

MORTE AI PRETI

Morte ai preti! Morte a nessuno! gridava il *solitario* dall'alto del balcone alle moltitudini rispondendo alla terribile loro esclamazione!

Morte a nessuno! "Eppure, chi è più meritevole di morte che la setta malvagia la quale ha fatto dell'Italia *un paese di morti*, un cimitero? O Beccaria! le tue dottrine sono sante! io ripugno dal sangue! ma non so se l'Italia potrà liberarsi da' suoi tiranni dell'anima e del corpo senza distruggerne, senza annientarne sino l'ultimo rampollo!".

Queste considerazioni passavano per la mente dell'uomo del popolo e lo distraevano.

Frattanto quella parte di popolo che non avea potuto udire la voce che partiva dal balcone Zecchin ma solo il grido di *morte* che mille infocate voci avevano esclamato, quella parte di popolo dico, più distante dal *solitario*, ma più vicina al palazzo principesco del Patriarca, s'avanzava come l'onda d'un torrente che precipita dalle montagne ed assaltava il vestibolo del palazzo suddetto rovesciando quanti ostacoli si opponevano alla sua furia.

In pochi minuti ogni salone, ogni stanza del maestoso palazzo erano invasi e per le finestre si vedevano svolazzare tutti que' simulacri d'idolatria con cui i preti sì spudoratamente beffeggiano le ingannate moltitudini.

Molti artisti innamorati del bello avrebbero potuto gridare allo scandalo, al sacrilegio! in quel rovinìo d'ogni oggetto d'arte e per vero dei ben preziosi capolavori sotto forme di santi o di madonne andaron travolti ed in pezzi nel generale esterminio.

Tra le astuzie dei sardanapali pretini, ricchissimi com'eran furon sempre mercé la stupidità dei fedeli, non ultima fu quella d'impiegare gli artisti più eminenti nell'illustrazione delle loro favole. Quindi i Michelangeli ed i Raffaelli d'ogni età, furon da loro assoldati ed il popolo anche persuaso della vanità delle proprie credenze, e dell'impostura dei leviti di Roma rispetta ancora i simulacri della sua prostituzione perché sono capi d'opera di molto pregio.

Ma il primo capo d'opera d'un popolo non è la libertà? non è la dignità nazionale? E tutti quei portenti dell'arte, benché portenti che gli rammentano il suo servaggio e la sua degradazione, oh!, non sarebbe meglio che ei li mandasse all'inferno?

Comunque fossero, opere preziose o volgari, il popolo rovesciava, e precipitava sul lastrico ogni cosa, e tutto mandava in frantumi.

Ed il Patriarca!? guai a lui se fosse caduto nelle mani della turba furente! Ma la pelle è cara ai discendenti degli Apostoli! ai campioni della fede! Essi edificarono veramente la loro baracca sul martirio degli antichi seguaci di Gesù e su quello del Nazzareno, ma di martirio questi grassi epuloni, non ne vogliono sapere nemmen per sogno!

L'Eminenza sua al primo ruggito della tempesta popolare, se l'era svignata e per un uscio segreto avea guadagnato una delle sue gondole e con essa si era posto al sicuro.

Intanto la voce del *solitario* che esclamava: "Morte a nessuno!" era ripetuta nella moltitudine e giungeva fino agli assalitori del Patriarcato. Quella voce amata e rispettata dal popolo, calmò il fremito delle turbe, ed in pochi momenti la tranquillità venne interamente ristabilita.

CAPITOLO LVIII
IL PRINCIPE T....

Nei bei tempi del diritto della coscia i principi non avevano bisogno di correre dietro ad una forosetta per implorarne il favore e ben fortunate eran quelle cui capitava di poter fissare per un momento lo sguardo de' loro sultani,

Oggi le cose corrono alquanto diverse: benché vi siano dei principi con tanta autorità quanta ne avevano gli antichi, anzi molti con più, perché il loro despotismo si copre con maschera liberale, pure ne vediamo nei giorni che corrono parecchi conformarsi a più moderate pretensioni ed aspirare anche all'adorazione di qualche divinità plebea. Così la pensava il nostro povero principe T.... obbligato a rimanere lontano da' suoi beni e bersaglio a tutta la rabbia pretina, tanto più accanita in quanto che giovinetto lo avevano iniziato ai segreti più intimi della Corte di Roma.

Giovane ancora ed avvenente della persona, il principe prevenuto della reputazione meritamente stabilita delle venete bellezze, non mancava di certo prurito, di certo desiderio di voler fare una conquista. Dobbiamo a giustificazione del giovane principe notare, che quel suo prurito è pure comune anche ai vecchi, il che sia detto senza mancar loro di rispetto.

Egli trovavasi dunque sul vestibolo del palazzo Zecchili ammirando le graziose visitatrici che per pura curiosità donnesca giungevano a vedere il *solitario*.

In mezzo alla calca dei saloni era arduo poter contemplare le fisonomie e massime il portamento della persona ma da quella parte del vestibolo sulla prima gradinata ove s'era collocato il romano l'osservazione riusciva più facile ed abbracciava quelle che entravano e quelle che passavano senza entrare.

Dall'interna folla, sguizza traversando il *sottoportico* del Cappello una di quelle figure che basta vedere una volta perché vi restino impresse nell'anima tutta la vita. Le ciglia, gli occhi, i capelli d'ebano il più pulito e brillante adornavano un volto che avrebbe potuto servire a Tiziano per dipingere le sue Veneri famose. Il tipo di quella donna era veramente l'ideale della veneta bellezza.

Il principe sino allora impassibile dinanzi al gran numero di passeggieri che formicolavano in un andirivieni continuo fu colpito da uno sguardo dell'incantatrice la quale sembrava adocchiare ogni cosa, ogni persona, senza fissarne alcuna. Colpito da questa apparizione, il principe precipitossi sui passi della sconosciuta i cui piedi sfioravano il suolo, in quella guisa che il Colibrì sfiora i fiori eterni della zona torrida. Precipitossi sui suoi passi. Ma altro era il volere, altro il potere. La graziosa e bellissima fanciulla o più svelta o più assuefatta a scivolare fra la folla nelle calluzze della sua città era già seduta in fondo alla sua gondola, e già aveva comandato al gondoliere di andare, quando il T.... giunse alla riva del canale.

Che fare? Precipitarsi nell'onde, ed aggrapparsi all'orlo della barca, come un forsennato chiedendo per pietà d'esservi ammesso, fu la prima e matta sua idea. Un bagno di marzo, nell'acqua fresca della laguna poco spaventava il nostro affascinato, ma presentarsi alla donna de' suoi pensieri così grondante, e forse senza cappello in testa, non è cosa che soddisfaccia nessuno e meno poi un principe. Egli dunque si attenne al più savio consiglio, imbarcossi in altra gondola e così pensò inseguire la sconosciuta.

"Voga—egli disse al gondoliere—e se raggiungi quella gondola là, guadagnerai una buona mancia". "Lasci fare" rispose il gondoliere, quindi "*Tita, comio!*" gridò al compagno di prora e rialzando su ambe le braccia la camicia rossa (poiché molti gondolieri la portavano in quei giorni per onorare l'ospite di Venezia) si accinse al maneggio del remo con quella grazia e vigore non superati da altra gente marinaresca del mondo.

"Voga, voga, elegante gondola, segui e raggiungi la scivolante fuggitiva che porta seco l'anima mia! E perché non sarà essa l'anima mia quella fanciulla leggiadra, quella bellezza adriaca, che io sognai mille volte quando le lagune erano schiave come lo è la mia Roma?

Perché? perché non la vidi che un solo istante? ma essa mi saettò con quel suo occhio di fiamma che mi vinse, e mi fé' suo per l'eternità? Però non feriva essa colle sue luci tutti i circostanti egualmente! Non spargeva essa una atmosfera di balsamo che se inebbriò me doveva anche inebbriare gli altri?

È questo poi amore? È questo quel passatempo che i mortali succhiano come l'arancia e scaraventano poi nel letamaio? oppure è quell'amore celeste! sublime, che avvicina la creatura al creatore, che trasforma i disagi di questa misera vita... i pericoli... la morte in delizie indescrivibili?

Potente della terra, vieni a toccarmi questa mia donna ch'io amo d'amore che non posso descrivere. Vieni col tuo esercito di sgherri, fossero essi mille volte più numerosi. Vieni! e tocca soltanto il lembo della sua veste; questo pugnale s'immergerà nel codardo tuo seno come la lingua del Coral, la più velenosa delle americane serpi, nelle latebre dell'infame tua vita!"

"Voga! Voga!—gridava ancora il principe impaziente di raggiungere il fuggente tesoro.—Voga, e se non basta un marengo ne avrai dieci. Voga!"

"E se fosse una plebea?—ruminava ancora nel suo soliloquio il principe.—Che plebea d'Egitto? Ha forse Dio creato dei plebei e dei grandi? Non sono la malizia e la prepotenza che imposero alle moltitudini i despoti ed i tiranni?

E non era Gesù un plebeo?...

E se quella fanciulla sì bella! sì affascinante! fosse contaminata! fosse una di quelle!... Oh! profano al celeste amore non pronunziare sacrilegi!

Come potrebbe il volto di una simile donna arieggiare l'angelico viso della mia sovrana?".

Ed era precisamente plebea l'Annetta: gli scalini della modesta sua casa ove approdò la gondola ben lo accennavano.

Non atrio, non peristilio con colonnato ma semplici scalinate al di dentro e al di fuori. Non tappeti sulle scale o ornamenti di ricchi vasi e d'esotici fiori. Alcuni vasi di fiori potevano scorgersi sulle finestre perché anche Annetta amava i fiori quanto una principessa ma piccoli esemplari, non dirò miseri perché cari come erano alla giovinetta, essi valevano un tesoro.

Una donna attempata che di giorno avrebbe attratto l'attenzione di tutti tanto era l'ansia espressa sulla sua fisionomia avea aspettato sin a quell'ora, circa le undici della sera, la sua amatissima Annetta, che curiosetta avea voluto anch'essa vedere da vicino l'uomo del popolo e che non potendo essere accompagnata da Mario, unico fratello, assente, l'avea la madre affidata a Nane, il gondoliere di casa. Quando Rosa si fu accertata che era la propria gondola che giungeva, lasciò il balcone ove era stata spiando con ansia indescrivibile e con un lume in mano scese rapidamente la scala a ricevere l'adorata figliuola.

Erano nelle braccia l'una dell'altra, come se un secolo le avesse divise, quando il principe sopravvenne e profittando della porta rimasta aperta e della distrazione delle due donne, via, dentro anche lui coll'audacia di un soldato in paese di conquista.

Sciolse dall'affettuoso amplesso, mentre la madre con dolce rimprovero cominciava: "Annetta? ma perché sei rimasta tanto fuori?" ambedue misero un grido di sorpresa vedendosi in presenza di uno straniero.

Il principe, avventurato in un'impresa così ardita, comprese che doveva mantenersi in corrispondente contegno, quindi avanzandosi verso la giovine, che al chiarore della lucerna le sembrò ancora più bella di quanto se l'aveva figurata, volle prenderle la mano per baciarla e per ispirarsi ad alcune parole convenevoli di discolpa e di ammirazione.

Ma una mano ferrea, in quell'istante stesso, colto di dietro il pugno del principe con una scossa che fece traballare l'intera persona, lo distaccò dalla donna.

Da una terza gondola approdata poco dopo le prime, era disceso svelto e risoluto un nuovo e giovine attore su questa interessante scena.

Alto di statura, nerboruto e bellissimo della persona, il nuovo arrivato vestiva la camicia rossa e sulla parte sinistra dell'ampio suo petto portava il distintivo dei prodi, la medaglia dei mille.

Morosini era l'amante riamato di Annetta e sul volto della fanciulla l'osservatore attento avrebbe letto un mondo di espansioni affettuose alla vista del suo diletto, espansioni alle quali tenne dietro subitaneo timore quando la voce di lui maschia e sonora, rivolta al principe lo incalzava con queste parole:

"Credo che vi siate ingannato, signor damerino, non troverete qui ciò che cercate. Vi prego dunque di rifar la via e andare altrove alla cerca".

La scossa ricevuta e le austere parole che la seguirono sollevarono nel principe un certo orgasmo di dispetto e poiché alla indignazione univa il coraggio, rispose sullo stesso tono al suo interlocutore.

"Non venni qui ad insultare, signor insolente ma ad ossequiare, e del vostro insulto se siete gentiluomo, me ne darete ragione. Eccovi la mia carta e sarò all'*Albergo Vittoria* ai vostri ordini sino al meriggio di domani".

"Io non vi lascerò aspettar tanto", fu la risposta del Morosini.

Il contadino non persegue la pernice nel folto delle boscaglie ma, dopo avere coperto le acque delle fonti circostanti, l'aspetta a quella fonte che unica lasciò scoperta e lì la caccia col vischio, colla rete o col piombo micidiale in quell'ora che la povera innocente vi cerca rifugio e ristoro alla sete.

Così nelle ore meridiane il bifolco aspetta imboscato i renitenti al giogo da cui rifuggono.

Ed il corsaro, che invano si cercherebbe sugli immensi spazi dell'Oceano, si aspetta al varco de' suoi nascondigli, ove deve condurre le prede, e là si cattura.

Analoga fu la risoluzione dei nostri quattro romani per rinvenire il principe T. che inutilmente avevano cercato in ogni via. Dopo d'aver riconosciuti e mandati a casa, col mezzo di Cencio i cagnotti del Sant'Ufficio si posero loro in agguato nei dintorni dell'*Albergo Vittoria* aspettando la comparsa del T. il quale verso mezzanotte arrivò, e fu seguito nella sua stanza dagli amici suoi che gli palesarono la trama dei porporati ed ogni loro scoperta.

Era troppo nobile d'animo il principe per mettere i suoi amici a parte dell'imminente duello. Orazio specialmente il cui animo ardente ei conosceva e che non avrebbe concesso ad altri la parte di secondo. Pure d'un secondo egli abbisognava e profittando d'un momento di calda discussione tra gli amici, con un'occhiata chiamò Attilio al balcone, e lo richiese di fermarsi con lui per quella notte.

Orazio, Muzio e Gasparo si congedarono, ed Attilio rimase col pretesto d'affari particolari.

Alla prima alba, un giovine in camicia rossa picchiava alla porta della stanza N. 8 dell'*Albergo Vittoria* e presentava al principe T. un cartello firmato Morosini espresso in questi termini: "Io accettai la vostra sfida e vi sto aspettando alla porta dell'albergo nella mia gondola. Ho meco delle armi ma se non vi convenissero, portate le vostre. I padrini stabiliranno le condizioni del duello".

Alzatosi il principe e fatto chiamare Attilio lo presentò al secondo di Morosini ed in pochi minuti le condizioni furono fissate.

Armi: pistole. Distanza: venti passi. Facoltà di marciarsi incontro, sparando a volontà.

Il sito era dietro i murazzi, ove i contendenti potevano recarsi subito, essendo tale il piacimento dello sfidato.

In verità se s'ha a morire od ammazzare è meglio si faccia subito poiché anche alle anime più risolute tanto una cosa che l'altra ripugna e quindi si desidera abbreviare il termine della decisione.

Cosa diavolo dirò del duello? Io fui sempre d'avviso che fosse vergognoso il non potersi intendere senza uccidersi ma d'altra parte, tocca a noi, iloti ancora dei prepotenti della terra, paria dell'Europa, a predicare la pace individuale e generale? a noi, il perdono dell'oltraggio! a noi! così oltraggiati da tutti! a noi cui è vietato di passeggiare sulla nostra terra!? di fregiarci delle nostre glorie!? A noi calpestati nei nostri diritti, nella nostra coscienza e nel nostro onore dalla più vile scoria della nazione nostra!? A noi, che per vivere, per essere considerati, protetti, ci bisogna prostituirci!? Via! non duelli quando saremo costituiti, ben governati e godremo nei nostri diritti all'estero ed all'interno ma di fronte alla prepotenza, all'arbitrio e al privilegio no! non si può patrocinare la pace.

Intanto vogano verso i murazzi le gondole che portano i contendenti. Uscite da Malamocco costeggiano per un pezzo l'argine immenso costrutto dalla Repubblica, contro le furie dell'Adriatico e sbarcano finalmente alla spiaggia esterna e deserta che fuori dei murazzi è a secco quando gl'impetuosi bora o scirocco stanno in riposo. Saltarono sulle sabbie, scelsero un sito a proposito, e dopo aver misurato i venti passi i secondi porsero le pistole agli avversari che si collocarono sui due segni marcati nell'arena. Attilio doveva batter tre volte palma a palma ed alla terza i combattenti potevano avanzare e far fuoco a volontà.

Già i due colpi eran battuti e le mani erano alzate per il terzo segno quando una voce dal lido, ove si trovavano le gondole gridò: "Fermi!" ed i quattro volgendo lo sguardo videro uno dei gondolieri, canuto e di aspetto venerando, che si affrettava correndo verso di loro. "Fermi!" ripeteva ancora il vecchio venendo avanti e non si fermò se non giunto che fu tra i due armati. Allora cominciò con voce alquanto tremante ma maschia e sonora, tanto che pareva incompatibile col mucchio d'anni indicato dalla sua canizie: "Fermi! figli d'una stessa madre, l'atto che voi siete per compiere, macchierà l'uno dei due col sangue d'un concittadino! Non potrebbe essere versato invece a prò di questa terra infelice, cui tanto ancora resta a fare, per raggiungere la indipendenza a cui agogna da secoli. Tra voi, il vinto morirà senza una parola d'affetto, una benedizione de' suoi cari: il vincitore rimarrà coll'aspide del rimorso nel cuore tutta la vita! Oh voi! che ai lineamenti gentili io conosco nati su questa terra di pianto. Non ha l'Italia molti nemici ancora, e non abbisogna essa di tutte le braccia de' suoi figli per scuoter le secolari catene? Cessate dalla lotta fratricida, ve lo chiedo, ve lo impongo in nome della madre comune! Cessate! non rinnovate le gare antiche, retaggio fatale degli incauti, scellerati padri vostri, che precipitarono questa bella patria in tanta abbiezione! Tornate amici. Tornate fratelli! Domani voi proverete allo straniero che tenterà ancora di strapparvi le vostre sostanze e le vostre donne, chi dei due sia più valoroso".

Le onde dell'Adriatico infrangevansi contro gli scogli granitici che arginano i murazzi con più effetto delle parole patriottiche ed umanitarie del vecchio sull'ostinata risoluzione di quei due assetati di sangue ed il principe, con certo piglio di dispetto, che chiariva l'aristocratica origine intimò al vegliardo: "ritiratevi".

Si ripresero da capo i segnali, le battute di mano si seguirono, ed alla terza gli avversarii marciarono ad incontrarsi colla pistola armata nella destra e coll'occhio fisso l'uno sull'altro senza battere palpebra col meditato intento dell'omicidio.

A dodici passi sparò il principe e la palla sfiorò passando la parte destra del collo di Morosini: lo ferì e ne sgorgò il sangue, ma fu ferita leggera. Il soldato di Calatafimi, più freddo dell'avversario, s'avvicinò di più a forse otto passi. Sparò ed il fratello della nostra Irene si aggomitolò cadendo sul terreno come uno straccio. La palla gli avea traversato il cuore.

Il Sant'Ufficio dal Vaticano sorrise di quel sorriso infernale con cui si rallegrò ogni volta che un olocausto di sangue sparso dal pugnale della discordia bagnava questa terra infelice. E chi lo versò quel sangue italiano? Una mano italiana, consacrata alla redenzione del suo paese.

CAPITOLO LX
ROMA

Il due dicembre il despota della Senna, l'Imperatore-menzogna, il nemico di tutte le libertà, il protettore di tutti i tiranni, dopo diciassett'anni di perverso dominio colla stessa ipocrisia con cui la tenne schiava, liberò la Niobe delle nazioni, la vecchia metropoli del mondo, la dominatrice, la martire, la più grande delle glorie umane!

Egli fu il continuatore della vendetta universale.

Totila alla testa delle feroci sue orde conquistava Roma, la distruggeva, ne sterminava la popolazione ed era questa giustizia di Dio! *"Morrà di ferro chi uccide col ferro!"* Perché i romani vollero dominare il mondo? perché dalle fertili contrade assegnate loro dalla natura vollero scorrere tanta parte di mondo aggiogando sino le nazioni le più remote derubandole, disertandole?

I popoli della terra portarono per contraccambio ai loro tiranni servitù, rovine, miserie.

Il continuatore degli Attila e dei Totila non men depredatore di loro gettossi lui pure sulla facile preda e palpitò di gioia il fallace suo cuore mentre la stringeva tra le ugne!

Che bell'appannaggio al crescente principino!… Parodia del gran zio. Ci vuol altro! Alle grandi opere, si richiede un alto cuore; ed il figlio dell'ammiraglio olandese, sortì cuore piccino, e codardo! Eppure in tutti gli atti della sua vita, si scorge la presunzione d'imitare lo zio ma nello stesso tempo si vede la mancanza di energia, di genio per l'esecuzione.

I barbari antichi conquistarono e fecero un mucchio di rovine della superba conquistatrice, il moderno barbaro, il devoto camuffato da gesuita, non distrusse, non ruinò, ma considerò roba propria la grande preda. Poi, indebolito dalle lascivie e dagli anni, scosso sino alle fondamenta l'insanguinato suo trono dalle fallite imprese americane ove avea tentato, il malvagio, di dare il colpo di grazia al santuario della libertà del mondo, alla grande Repubblica, edificando alle sue porte un impero austriaco per farsi perdonare dai coronati, la sua origine plebea, l'apostata della Rivoluzione, mutò in parte pensiero.

Distruggere la libertà sulla superficie della terra per ottenere la concessione d'un posticino al banchetto della tirannide!! Povera Francia! a che fosti ridotta!

E il governo Italiano ha accettato l'eredità dell'imperatore-menzogna. Far il birro al Negromante del Vaticano, obbligarli a soggiacere al governo del S. Uffizio. Rinunziare alla capitale d'Italia, proclamata dallo stesso Governo Italiano, votata e sancita dal suo Parlamento: ecco l'opera del Governo.

Io credo che governo più codardo sia impossibile trovare nelle storie antiche e moderne e bisogna che sia proprio destino dell'umanità che si debba trovare accanto al bene tanto male, tante umiliazioni, tanta perversità!

Ho detto "accanto al bene" poiché non si può negare essere l'unificazione italiana un miracolo di bene, ad onta degli sforzi fatti da governi e da sette più o meno nere, per trattenere, e far retrocedere questo povero paese, impoverendolo, pervertendolo con ogni modo di depravazioni e di menzogne.

Governo! si può egli chiamar governo quest'*agenzia di corruzione!*?

Grazie ad essa il popolo è ridotto: ad una metà comprata per aggiogare l'altra, tenerla nel servaggio e nella miseria!

Salve! valoroso popolo del Messico! Oh! io invidio la tua costanza e la tua bravura nella liberazione del tuo bel paese dai mercenari del despotismo!

Accettate, coraggiosi nipoti di Colombo, dai vostri fratelli d'Italia, un saluto alla vostra libertà redenta! A voi s'imponeva la stessa tirannide e la spazzaste come la fantesca spazza le immondizie. Noi soli!… garruli, pieni di preterizioni, vani, millantando glorie, libertà, grandezze!… e legati per il collo… imbavagliati! troppo liberi per le ciarle ma inetti a compiere quella ricostituzione politica che sola può darci il diritto di sedere accanto alle libere nazioni.

Tremanti dinanzi al despotismo d'un abbietto tiranno straniero, noi non osiamo, per paura che ci castighi, passeggiare per casa nostra, dire al mondo che siamo padroni di noi, strapparci dal fianco il dardo che perfidamente ci ha conficcato.

E più umiliante, più degradante ancora è la condizione che il despota straniero ci ha imposta, lasciò la preda che l'anatema del mondo gli vietava e ne disse: Codardi! guardatela, fate da birri in vece mia, ma non la toccate!
Oh! Roma! patria dell'anima! tu, sei veramente la sola! l'eterna! Al disopra d'ogni grandezza umana anche oggi... sotto qualunque degradazione! Il tuo risorgimento non può esser che una catastrofe da mettere a soqquadro il mondo!

CAPITOLO LXI
VENEZIA ED IL BUCCINTORO

Le macchie del servaggio e le rughe della miseria il popolo alla fine le lava e le spiana col suo sangue. La classe intelligente e ricca dovrebbe una volta, capirlo e risparmiare all'umanità quelle orgie di macelli, che la deturpano e la riconducono sovente alla primitiva barbarie.

In altri tempi Venezia, seguendo l'impulso della sorella lombarda, lavava nel sangue molti anni di umiliazioni e di servaggio. Non così ora. Essa sorge dalla dominazione straniera, non per propria, ma per altrui virtù.

Oh! fosse almeno la libertà sua raggiunta per opera, per coraggio dei fratelli, pazienza! Ma chi la redime sono vittorie di stranieri. Sadowa, gloria Prussiana, ha liberato Venezia! e la nazione italiana a niuno chiede ragione di tanto sfregio!

Eppure le nazioni, come gli individui, abbisognano di dignità per vivere e più della vita dell'anima abbisognano che non della vita del ventre a cui ci vogliono condannare i reggitori nostri.

Un giorno la regina dell'Adriatico portava il suo superbo leone nel lontano oriente, rintuzzava il conquistatore Ottomano e vi dettava la legge. I monarchi dell'Europa, collegati e sorretti dalle gelose italiane repubbliche, movevan compatti contro le lagune ed eran respinti dai coraggiosi repubblicani. Chi riconosce oggi quei fieri concittadini di Dandolo e dei Morosini? Per liberarsi, abbisognano dello straniero. Liberi si gettano nelle file delle raschiature di Seiano, setta propensa a tutte le umiliazioni! a tutti gli obbrobrii!

Come la tirannide trasforma le più nobili creature in abietti ermafroditi! e non siete soli o veneti! Tali ho pur veduto i discendenti di Leonida e di Cincinnato.

La schiavitù imprime sulla fronte dell'uomo un marchio tale d'infamia e di depravazione da renderlo irriconoscibile da confonderlo coi beati abitatori delle foreste.

Eppure, umiliato come fu ed è ancora, il popolo italiano non dimentica i suoi divertimenti, le sue feste. "Pane e giuochi" esso grida ai nuovi tiranni come già gridava agli antichi. Ed il prete in ispecie per compiacerlo, per ingannarlo e corromperlo, si è ravvolto in un ammasso di pompe e di cerimonie da oltrepassare tutto quanto ci narra la storia dello sfarzo in cui gli impostori dell'antichità si avviluppavano.

Non parlate di politica, non ci pensate! pagate e spogliatevi di buona grazia per grassamente mantenere i vostri scorticatori. Poi, di giuochi, di divertimenti, di prostituzioni ve ne lasceremo a dovizia.

Le sponsalizie del mare erano delle cerimonie predilette del popolo di Venezia, quando questo popolo era padrone di sé, aveva un governo proprio e questo governo era presieduto dal Doge.

Nel giorno prefisso per la festa il Buccintoro, la più splendida galera della repubblica, mirabilmente adorno e imbandierato, risplendente di arazzi e di dorature con a bordo il Doge, la maggior parte dei membri del Governo, gli ambasciatori stranieri e le più cospicue tra le belle signore di Venezia in gala, moveva al suono della musica dal palazzo di S. Marco e s'avviava verso l'Adriatico.

Facevan corteo al Buccintoro altre molte galere ed un numero immenso di gondole, tutte parate a festa e portanti la maggior parte della popolazione.

Eri pur bella in quei giorni fatata regina! quando i tuoi Dandoli, i tuoi Morosini, seppellivano nel seno di Anfitrite l'anello maritale e la dichiaravano sposa propiziandola agli arditi navigatori delle lagune!… Oh! salve! Repubblica di tredici secoli, vera matrona delle Repubbliche! Oh! se alle pompe de' tuoi sponsali avessi associato un fraterno banchetto colle altiere tue consorelle italiane lo straniero all'erta sulle vostre discordie non vi avrebbe certo calpestate tutte e ridotte in servaggio!

Cancellate le cicatrici delle vostre catene, spianate le rughe che la miseria impresse sulla vostra fronte, non dimenticate ringhiose! le umiliazioni per cui siete passate e rammentate che unite potrete sempre sfidare ogni prepotenza straniera.

Il *solitario*, appoggiato ad un balcone del palazzo Dogale che dava sulla laguna, in compagnia delle nostre belle romane, di Muzio, Orazio e Gasparo, ascoltava un vecchio Cicerone che gli narrava le antiche glorie della Repubblica e dopo aver parlato d'ogni cosa, giungendo alla descrizione della festa del Buccintoro, esprimeva il rammarico di non aver più nemmeno la speranza di rivedere una di quelle feste ed accennava al sito ove dal molo partiva il legno famoso.

Seguendo la direzione del dito, l'occhio di Muzio si fermò su di una figura ben conosciuta che si teneva in piedi in una gondola col gomito appoggiato al *felze* e stava per approdare ai gradini della piazza.

Sparì Muzio e in un lampo comparve al cospetto di Attilio che scendendo strinse la mano dell'amico ed appena potè articolare la mesta parola "morto!".

"Dunque era destino, che questo resto di grandezza romana venisse qui a finire" mormorò l'ex mendico avendo in parte inteso e parte indovinato la fatale storia. "Egli morì da prode" disse il capo dei trecento. E molti italiani sanno morire da prodi, pensava Muzio, ma fosse almeno contro i loro oppressori!

"Io torno alla comitiva, disse Muzio, m'intenderò col *solitario* acciocché devii la passeggiata per altra parte perché Irene ed Orazio non abbiano ad abbattersi nella salma del loro caro. Ti raggiungerò poi con Gasparo".

Un sasso!
Che distingue le mie dall'infinite
Ossa che in terra e in mar semina morte.
(Foscolo)

Io, idolatra del Carme dei sepolcri del grandissimo poeta, sono per l'onoranza ai morti e veramente, credo, che onorare la virtù nei defunti serva d'incentivo ai viventi per imitarli. Ma quando si pensa alle smodate cerimonie con cui il pretismo accompagna il viaggio finale della salma d'un potente non si può a meno di deplorare le spese e lo sfarzo.

La morte! quel tipo vero dell'uguaglianza che distrugge inesorabilmente ogni superiorità mondana e confonde in un ammasso di putredine gli avanzi dell'imperante e del mendico! la morte deve stupire di tanta differenza fra i funerali del povero e quelli del ricco! Deve stupirsi di tanto apparato alla sepoltura d'un cadavere, ridere direi (se la morte potesse ridere) per tante fandonie di lutto che sovente altro non è che gioia nell'animo del vorace erede e nei più, indifferenza.

E i piagnistei per moneta non sono cose da far compassione? Io ho veduto in Moldavia (e lo credo uso d'altri paesi) all'accompagnamento del cadavere d'un Bojardo una frotta di donne pagate per piangere.

E che pianto! e che grida, mandavano quelle sciagurate! Del dolore che ne risentivano, lascio giudicare i miei lettori.

Colesti piagnistei li ho ricordati qualche volta, alla lettura delle discussioni parlamentari, ove certa gente pagata o che spera d'esserlo si sfiata ripetendo dei *bravo, bravissimo* alle insulse e sovente liberticide ragioni di questo o di quell'altro primo ministro.

Il feretro del principe T. fu seguito da molta gente perché si seppe egli essere un principe e nella massa degli uomini che accompagnavano *il titolo* per altro colla maggiore indifferenza, si distinguevano pure alcune fisonomie meste e queste erano i veri amici del defunto: Attilio, Muzio e Gasparo. Quest'ultimo si vedeva chiaro avere gli occhi gonfi dal pianto.

La fiera natura del vecchio sovrano della campagna di Roma era stata scossa dalla perdita del suo amico e padrone a cui s'era affezionato sinceramente il che provava la buona indole dell'uno e l'eccellente cuore dell'antico proscritto.

Piangeva egli il principe? No! egli piangeva l'amico, il benefattore!

Quanti amici potrebbero avere i grandi della terra ed a poco costo se volessero aprire l'anima loro alla beneficenza e far sentire men dura l'ingiustizia della sorte a coloro cui fu matrigna.

Molti io conosco tra i grandi benefici, anzi angeli di bontà tra il sesso vezzoso, ma sono pochi in paragone delle moltitudini sofferenti e la maggioranza dei favoriti della fortuna non solo è indifferente pei tapini ma li sprezza, li scaccia da sé, li scortica in mille modi.

Cura di governo dovrebbe essere quella di migliorare la condizione del povero e non è così sventuratamente. I governi pensano alla propria conservazione e per consolidarsi corrompono gran parte del popolo col fine d'avere dei satelliti e dei complici.

La massa dei benestanti potrebbe in gran parte correggere questo capitale difetto dei governi sorreggendo i miseri e migliorandone la sorte ma non lo fanno. Pure loro sarebbe facile! se soltanto volessero privarsi d'una parte del loro superfluo. Il povero manca del necessario per sostentarsi e il ricco nuota tra le copiose vivande e gli squisiti e variati vini il più delle volte nauseato dell'abbondanza e dalla penosa sazietà.

"A che tanto dolore per la perdita d'un nostro nemico, signor Capitano?" Queste parole furon precedute da un picchio sulla spalla destra dato a Gasparo da una figura singolare che gli veniva dietro nel funebre convoglio. Il vecchio voltossi, stette un momento a considerare il famigliare suo interlocutore, e poi con una esclamazione poco convenevole alla santità della circostanza e con sorpresa dei vicini "Accidenti ai settandue! Ma sei proprio tu Marzio?!" "E chi ha da essere altro che il tuo luogotenente, mio venerabile comandante!".

Oh Dumas! Oh romanzieri francesi! che magnifica scena per voi! Qui, avevate veramente il tipo del *brigand italien*.

Il vegliardo, in molti mesi di vita principesca, avea alquanto ripulita la sua fisionomia brigantesca, ma Marzio conservava il feroce aspetto del masnadiero romano. Alto della persona e quadrato, era difficile sopportare senza un brivido di timore lo sguardo tagliente che due nerissimi occhi vi lanciavano saettandovi. La sua chioma, nera e pulita come l'ala del corvo contrastava colla lunga barba dello stesso colore brizzolata di grigio in molte parti. Le sue vesti eran forse poco diverse da quelle portate, quando spargeva il terrore per le romane campagne ma alquanto più pulite. Il famoso farsetto di velluto nuovo, non mancava, e se non si vedevano al di fuori di quell'indispensabile accessorio del brigante pistole o daghe. Un *coltello-pugnale* era di certo religiosamente nascosto dalla parte di dentro. I cappelli sono portati in diversa foggia anche dai briganti e Marzio portava il suo un po' inclinato sulla destra, però di forma somigliante ad un cappello d'operaio. Le ghette di cuoio erano state abbandonate da Marzio ed il suo abito di color azzurro con ampie saccoccie non offriva oltre l'ampiezza alcun'altra singolarità.

La circostanza non era opportuna a lunghe espansioni.

Si leggeva però su quelle due straordinarie fisonomie un vero e mutuo sentimento di piacere e di simpatia.

Tant'è; io sono innamorato dei briganti e se fossi una donna chi sa, che non diventassi una brigantessa. In questi tempi ove la gloria e l'onore italiano hanno avuto certi spiacevoli sfregi, dico il vero: quel pugno d'uomini chiamati briganti che per sette anni si sostiene contro un esercito numeroso altri due eserciti di carabinieri e di guardie di pubblica sicurezza un quarto esercito di guardie nazionali ed un'intiera ostile popolazione; quel pugno d'uomini dico: chiamateli come volete, sono almeno uomini di grande coraggio. E se voi signori governanti in luogo di mantenere la scellerata istituzione *prete* vi foste adoperati all'istruzione del popolo quegli stessi briganti in luogo di essere stromenti di reazione pretina sarebbero oggi nelle file nostre dandovi l'esempio del come si combatte, uno contro venticinque.

Dunque: Viva i briganti! meno gli assassini, s'intende.

E ancora una parola all'orecchio, signori alto-locati che m'intend'io! Quando voi assaltaste le mura di Roma (per devozione lo si sa) foste voi meno briganti derubando e sgozzando un povero popolo che vi credeva amici. Voi, non solo siete briganti, ma per di più traditori!

Ma mi direte: quelli erano repubblicani, gente infesta al mondo. E cosa eravate voi, signor Menzogna? non repubblicano certamente, perché per esserlo bisogna essere onesto. E… quanto ad onestà vi lascio metter la mano sulla coscienza… se pure ne avete una.

E a Castelfidardo, a Gaeta, non erano republicani che assaltavate! Con che legalità, con che diritto di genti? né più né meno di quello che vanti un brigante sulla strada od in casa colla sola differenza, che il brigante spoglia, e non sempre uccide, e vi siete imbrattate le mani nel sangue innocente.

Chiedo perdono al lettore d'averlo piantato per tanto tempo nel poco piacevole funerale d'un principe per disgredire favellando di grande e piccolo brigantaggio.

Giunto il convoglio al camposanto e sepolto il cadavere non una voce vi fu che in suo onore dicesse una parola di orazione funebre. Il povero principe con tutta la sua volontà di fare il bene n'era stato impedito da prematura morte.

E che cosa si sarebbe potuto dire di bontà, d'eroismo o d'altre qualità commendevoli non avendo egli avuto il tempo d'esercitarle?

Noi lasceremo i nostri amici occupati a consolare l'afflitta Irene per la perdita del fratello che sinceramente amava.

Ultimo rampollo dello splendido suo casato, il principe ne troncava colla sua morte la prosapia; e questa idea, sono certo, non mancava di martellare il cervello della nostra bella matrona la quale, sebbene non repugnasse da un'alleanza plebea, come abbiam veduto, ci teneva al titolo onorevole della famiglia paterna.

Alla immensa fortuna che la morte del fratello lasciava in sua balia non pensò punto, essendo troppo generosa di carattere da anteporre l'interesse alla vita del suo caro. Poi i beni di casa T… sul territorio Romano, erano stati confiscati da quelle perle di servi di Dio, i cui beni *non sono di questo mondo*.

Ritornati dal funerale, Attilio e Muzio si erano consultati col *solitario* sul modo di comunicare alla sorella l'avvenimento fatale ed egli chiamato Orazio e la sposa nella propria stanza aveva data loro la ingrata e dolorosa notizia.

Gasparo, di tutti il più addolorato, dopo Irene, avea col racquisto del luogotenente trovato refrigerio al suo dolore e si sentiva mosso dalla smania di udire le avventure di lui che credeva perduto per sempre.

Ecco dunque i due ex-banditi riuniti a stretto colloquio nell'*Albergo Vittoria* nella stanza di Gasparo. Dopo un mondo d'interrogazioni e di risposte, per lo più a monosillabi, non essendo l'oratoria Io studio prediletto dei briganti, gente più manesca che ciarlona, il luogotenente così cominciò:

"Dopo che voi mi diceste, mio caro capitano, che eravate annoiato della vita brigantesca e disposto di ritornare privato, dal che vi sconsigliai se ben ricordate, io continuai le solite scorrerie senza però mai allontanarmi dai saggi vostri precetti. Spogliare i potenti e sollevare i miseri. I nostri compagni, formati alla vostra scuola, pochi motivi mi diedero di reprimerli; quando qualcheduno però mancava io lo castigavo senza misericordia e così si visse colla grazia di Dio per vari anni.

L'affetto per la donna fu sempre lo scoglio del brigante e ben lo sapete voi vecchio corsaro".

Gasparo, a quegli accenti agrodolci affilava colle dita i suoi mustacchi color di neve ricordando senza dubbio più d'un'avventura galante nella carriera sua pericolosa mentre l'altro ripigliava: "Voi ricordate Nanna, quella fanciulla per cui tante persecuzioni ebbi da' suoi parenti. Non vi fate a credere che quell'adorabile creatura mi tradisse. No! l'anima sua, era, e fu pura come quella d'un angiolo! E perdonate se mi asciugo una lagrima pensando alla donna che tanto amai". Ed il ruvido capo dei masnadieri si metteva il fazzoletto agli occhi.

"Essa è adunque morta" esclamò Gasparo con affetto.

"Morta! Morta!" ripigliava il compagno e i due amici stettero un pezzo in silenzio.

Alla fine Marzio continuò: "Un giorno la mia Nanna, un po' indisposta s'era fermata a passare la notte in casa Marcello presso la povera Camilla impazzita, come avrai saputo, grazie all'infame cardinale S. Io quel dì mi dovetti allontanare colla banda per un'operazione importante. Nella notte la casa fu assaltata e portato via il mio bene in Roma.

Puoi immaginare la mia disperazione, puoi immaginare quante ricerche facessi per conoscere il nascondiglio della Nanna. Finalmente dai nostri amici di Roma seppi trovarsi la fanciulla nel convento di San Francesco, ove l'avean condannata a servire le suore e a non vedere mai più la luce.

La mia donna, al servizio delle suore! destinata a servire quella turba di giovani donne ingannate e di rantolose vecchie volpi! Ve la darò io, dissi tra me, una serva di quella tempra e, per Dio!, questa volta il diavolo si porta via il vostro convento e quante vecchie pettegole racchiude.

La notte, che tenne dietro al giorno in cui conobbi la dimora della Nanna entrai in Roma solo: solo, perché mi sembrava vergognosa codardia farmi accompagnare in una impresa ove si trattava di me solo.

Presi meco un fascio grandissimo di frasche secche, comprato in piazza Navona, lo depositai in un'osteria, ed aspettai che si facesse tardi. Verso le undici, prima che si chiudesse l'osteria, presi il mio fascio e via verso S. Francesco. Chi può impedire a un povero diavolo di portarsi un fascio di legna a casa? Poi, la nostra Roma ha questo di buono, poche persone passeggian le vie durante la notte per paura dei ladri che il liberale governo dei preti lascia liberi quanto vogliono purché non si mescolino in politica.

Giunto al portone di San Francesco, posai il mio fascio, preparai pronto ad accenderlo un mazzo di zolfanelli, calcai le frasche contro il portone e gettai lo sguardo alle due estremità della strada per attendere il momento opportuno.

Era evidente, che bruciando il portone restava la inferriata, la quale mi avrebbe lasciato con tanto di naso e nulla di compiuto. Bisognava fare del chiasso, far accorrere gente di dentro e di fuori. Pertanto dopo aver accomodato ogni cosa traversai la piazzetta e mi nascosi nel vano di una porta saldo ed immobile quale una cariatide aspettando che gente venisse, foss'anco una pattuglia di birri, per me faceva lo stesso. Né ebbi ad aspettar molto, che dopo dieci minuti mi giunse all'orecchio precisamente il suono de' passi misurati d'una pattuglia. Allora, colla velocità che tu sai".

E qui Gasparo interrompendo: "Corpo di Dio! se la conosco, esclamò. Ricordo ancora quel tal Monsignore che, sulla strada di Civitavecchia, avendoci scorti retrocedeva fuggendo a gran galoppo verso Roma ed in men ch'io nol dico tu eri al muso de' cavalli e fermavi la carrozza".

"E che presa fu quella, comandante mio! ci fu da scialacquare per molto tempo colla povertà cristiana di quel discendente degli apostoli! Ma torniamo al racconto. Quando fui certo che la pattuglia veniva innanzi, corsi al fascio, lo accesi e rapido tornai al mio nascondiglio.

In pochi minuti, una fiamma d'inferno divampava dinanzi al portone del convento e lo stesso portone poco dopo infiammandosi mostrava uno spiraglio di fuoco simile al cratere di un vulcano.

E i birri? Dovunque la più trista canaglia del mondo in nessuna parte arrivano alle tristizie di quei di Roma, i birri dico, codardi per natura e lenti per la vita infingarda che menano invece di correre sul sito a smorzare il fuoco si misero a squarciagola a far schiamazzo per svegliare il vicinato ed al fuoco non si appressarono se non quando buon numero di vicini, d'ogni parte accorrenti, giungeva sulla scena d'azione.

Tocca ora a me, pensai, e mi precipitai nel vortice di quel tramestio. Le monache potevan stare allegre che un bel liberatore ce lo avevano alla porta e potevano star allegri anche i birri, che avevano acquistato in me un famoso compagno.

Le cose meglio non potevano riuscire. Al clamore di quei di fuori, le monache non tardano a destarsi. Spalancando l'inferriata, giungono anche esse alla riscossa con secchie piene d'acqua e buglioli e catini e quanti recipienti davan loro alla mano le poverette! Dopo aver fatto mostra di smorzar anch'io dalla parte di fuori sempre fisso però il mio occhio di lince verso il di dentro, vedendo la partita ben impegnata mi slanciai nell'interno al soccorso delle suore ed una salva di acclamazioni accompagnò l'atto mio salvatore.

Appena dentro, girai lo sguardo sulla turba delle femmine ivi riunite ed alla più vecchia che mi sembrò essere la badessa: "favorisca" dissi, e in pari tempo la presi per il braccio sinistro, in modo da farle comprendere che il favore di seguirmi lo avrei ottenuto un po' anche colla forza delle mie braccia. Incontrai più resistenza da quel vecchio cataletto ch'io non avrei creduto. Si contorse, s'impuntò, e non volle muoversi che trascinata resistendo con tutte le sue forze, ma inutilmente: poi si mise a gridare onde fui obbligato a levarla nelle braccia e turarle la bocca con un fazzoletto.

Cosi mi allontanai dalla folla e giunto davanti alla porta di una cella che trovai aperta mi misi dentro col mio fardello. Il lume era acceso, il letto caldo, deposi la vecchia sul letto e chiusi la porta a chiave. Era la vecchia attonita ma non impaurita. Non ricordo d'aver veduto mai un demonio di tanto coraggio. "Ov'è Nanna?" le chiesi, mentre mi guardava trasognata, con un certo piglio da scuoterla per benino. Nessuna risposta. "Ov'è Nanna?" tornai a dire un po' più alto di prima. Nessuna risposta. Ah! vi farò trovar io la lingua, brutta strega, esclamai infuriato, tirando fuori dalla cintura questo palmo di lama e facendolo luccicare ai suoi occhi. Eppure niente!".

"Sangue della madonna! interruppe Gasparo, sono tutte così le badesse, tutte energumene. Quando alla difesa di Roma nel 1849 la mia compagnia doveva passare nel Convento del *Sacro Cuore* per occupare le mura di S. Pancrazio ci fecero stare delle ore alla porta senza volerci aprire e la badessa cui era stato presentato l'ordine scritto del Governo lo fece risolutamente in pezzi e solo, quando si cominciava a buttar giù il portone colle mannaie si persuase ad accordarci l'ingresso".

"E così fece questa—ripigliava Marzio.—Io non burlavo, lo puoi ben credere. Volevo la mia Nanna e cento vite di vecchie non mi avrebbero certamente impedito di portar l'impresa a buon fine. Attortigliati i suoi grigi capelli alla mia sinistra col pugnale nella destra cominciai a tastarle il collo non già colla punta del ferro per timore mi vi scivolasse ma con uno spillo della sua cuffia. Allora m'accorsi che fino al martirio non voleva arrivare la santa donna giacché cominciò a sciogliere la lingua, gridandomi lamentevolmente un: per amor di Dio! La mia Nanna o vi mando all'inferno con tutti i diavoli! rispos'io. Per amore di Dio lasciatemi, ripeteva lei ed io lasciai andare quel capo protervo.

Dopo aver respirato fortemente per assicurarsi che viveva ancora, passatasi la mano sulla fronte. "Chiedete voi conto d'una giovane della campagna Romana, di buona famiglia, che fu collocata or son quindici giorni in questo Convento?". Credo sia dessa, risposi. "Allora io vi condurrò da lei, ma a patto che non facciate scandali in questa casa del Signore".

Altro oggetto non ho fuorché portar via la mia donna le risposi.

Essendosi al quanto ricomposta e discesa dal letto mi disse: "andiamo". La seguitai per un pezzo e giunti ad un'entrata oscura c'innoltrammo in un corridoio, scendemmo varie scale ed al chiarore di un candela che avevo portato meco scoprimmo una porta di ferro sbarrata da un catenaccio. Povera Nanna! dicevo tra me stesso, che delitto avrà mai commesso quella sciagurata fanciulla da essere fitta in questa bolgia d'inferno?

Giunti alla porta ferrata la vecchia mise fuori una chiave, la introdusse nel catenaccio, aprì e mi fece segno di tirare la porta essendo troppo pesante per lei. Io feci quanto mi venne richiesto senza però perder di vista la mia guida la cui compagnia m'era troppo necessaria. Così aprendo la porta misi prima la vecchia dentro ed io dietro. Appena entrato una giovine donna scapigliata mi saltò al collo e vi s'avvinghiò disperatamente… Oh! Marzio, essa esclamò e le lagrime della mia Nanna innondavano il mio volto.

Sono troppo corsaro da non prendere le mie precauzioni in tempo d'urgenza. Fuori di me dalla contentezza per la redenzione della mia fanciulla non mancavo però di adocchiare la megera che senza il mio occhio fulminante non avrebbe mancato di svignarsela.

Passata la prima espansione d'affetto, tenendo la mia cara per mano, richiusi la porta e chiesi a Nanna se esisteva un altro uscio in quella prigione. Essa rispose di no, ma la badessa che avea intesa la mia domanda: "c'è—disse—un altro uscio e per questo vi converrà uscire per non incontrare la comitiva delle suore che saranno in questo momento sulle mie traccie".

Qui una nuova scena ed una nuova fanciulla venne ad interrompere il discorso della badessa. Io avevo veduto veramente muoversi qualche cosa nell'angolo più oscuro del carcere, ma preoccupato com'ero, non v'aveva badato. Quando a un tratto una fanciulla dell'età in circa della mia Nanna si avvicinò a me, con voce commossa: "Oh! voi non mi lascerete sola in questo carcere, caro signore, io seguirò la mia Nanna sino alla morte".

E la Nanna a me: "Sì, Marzio! per carità non lasciamo questa infelice amica mia in questo inferno. Essa era destinata da quella vecchia maga a mia compagna per farmi la spia ed all'opposto è stata per me un angiolo di consolazione. Era incaricata di farmi parlare, sapere di voi, de' vostri compagni, d'ogni cosa e poi rivelare tutto alla badessa".

E così vanno le cose, pensavo fra me stesso in questi laboratori d'ipocrisia e di menzogna!

"Era incaricata di spiarmi, di minacciarmi, di tormentarmi, in caso io rifiutassi di palesare i vostri nascondigli, le vostre riunioni abituali, i vostri disegni ed invece essa mi disse tutto, mi consolò, mi protesse ed assicurò che morrebbe piuttosto che farmi del male.

Essa poi ieri mi salvò puranco dalle disoneste brame di un infame prelato che introdottosi in questo carcere colla connivenza senza dubbio di questa vecchia strega venne a promettermi mari e monti se condiscendevo alle sue voglie malvagie. Mi salvò precipitandosi nel carcere e strillando come un'ossessa.

Invano le promisero la libertà se giungeva a sedurmi per conto della badessa e del prelato, non ne hanno potuto cavar nulla. Di giorno ci destinavano ai più vili uffizi del chiostro, richiudendoci di notte in questa spelonca".

Il pianto innondava ancora il bel volto della mia diletta a queste ultime parole... ed io vi assicuro Capitano che mi corse per istinto la mano sul ferro e divenni sitibondo del sangue della megera. Non so me mi trattenni. Ero furibondo, e avrei stritolato le ossa di quella schifosa creatura come una foglia d'autunno e noi feci, e fu bene, perché senz'essa avrei avuto immense difficoltà a rivedere la luce del cielo.

Ov'è la seconda porta di cui avete parlato?, dissi alla vecchia, e dove conduce?

"Conduce fuori del convento, e ve la mostrerò se scostate il letto di ferro che giace in quel canto". Scostai il letto ben pesante e nulla vidi.

"Provate a levare i mattoni che si vedono con materiale non secco". Dato mano ad una spranga di ferro del letto cominciai a smuovere il pavimento, staccare i mattoni e metterli da parte. Alla fine un anello conficcato nel legno mi diede indizio di una porta orizzontale da sollevarsi e con mio stupore scopersi una nuova scalinata che conduceva a basso.

Qui bisogna ordinare la marcia, pensai tra me, e spinger la vecchia in capo fila. Ingiunsi alle mie giovani compagne di seguire in retroguardia e dando il lume alla badessa senza cerimonia le dissi: Avanti!

Questa è la scala di contrabbando, pensavo io e quanti di quei poveri neri e luridi scorpioni a sottane saranno venuti a sfamare le loro libidini in questi ginecei! E le povere famiglie che credevano d'inviare le loro figliuole in questi asili di purezza per educarle!

Ma pensavo pure: oggi non hanno più bisogno di entrare furtivamente nei sotterranei, oggi quegli scellerati hanno più facile l'ingresso e la sfacciataggine per giungere fino alle loro vittime".

Les cloîtres, les cachots—ne sont point son ouvrage;
Dieu fit la liberté—l'homme a fait l'esclavage.
(Chénier)

"Marciava avanti la vecchia badessa col lume, io seguivo a poca distanza e le giovani chiudevano la marcia.

Scendemmo forse cinquanta gradini, entrammo in un corridoio non molto stretto che dopo pochi passi ci mise in una spaziosissima stanza, dico spaziosissima perché coll'aiuto del lumicino appena se ne potevano scorgere le pareti.

Avevamo fatto circa una diecina di passi in cotesta stanza quando mi sembrò di udire alla mia destra dei lamenti. Mi fermai, per meglio ascoltare quando al termine della mia attenzione di un momento e mentre mi accingevo a muovermi e guardare avanti anche alla mia guida mi trovai nelle tenebre.

Corpo di Dio! dissi tra me e me e mi slanciai innanzi con tale salto che certo non potrebbe di più la tigre quando dal suo nascondiglio della foresta si slancia sulla preda. Ma le tenebre furono la mia preda. Invano volteggiai a mulinello per un pezzo colle braccia tese quanto potevo colla speranza d'incontrare quel demonio in gonna. Mi avventai contro la parete, la costeggiai strisciando a rischio di scorticarmi le mani e non trovai uscio. Finalmente, dopo aver tentennato alquanto e quasi alla disperazione, mi appoggiai fortemente al muro e lo sentii cedere alla mia spinta. Ripresi speranza, ripassai la mano su quella parte di muro ed a mia sorpresa trovai che era legno, di che non m'ero accorto prima nella mia indagine precipitosa. Forzai di nuovo e sentii girare come una porta sui gangheri e nello stesso tempo un'aura, un puzzo cadaverico mi giunsero dalla parte esterna e mi colpirono quasi in modo da togliermi il fiato. Voltai la testa verso le stanze per sfuggire a quell'aria appestata. Il lamento che avevo udito prima mi ripercosse l'udito e quasi calmò il mio sussulto.

Pensai alle compagne e ad alcuni zolfanelli che tenevo in tasca ma che avevo scordato nell'esaltazione della mia mente. Accesi un zolfanello contemplai ciò che avevo creduto una porta e invece trovai essere una ruota e miracolo! ben grato a Dio! a piedi e nel fondo della ruota il mio cero che la vecchia perversa avea lasciato cadere nella fuga.

Riacceso il lume mi trovai accanto le mie povere compagne tremanti come foglie. Coraggio, dissi loro, e mi precipitai nel compartimento attiguo dove mi seguirono una dopo l'altra, colla speranza di poter raggiungere la badessa ch'io non dubitai più essere fuggita da quella parte. Sollecitai il passo ma a poca distanza, Dio mi perdoni!, che orrore! Alle pareti del carname che io percorreva una massa di creature umane incatenate per il collo, alla cintola e per ambe le braccia penzolavano, la maggior parte cadaveri più o meno imputriditi. Un solo era vivo ed era questo un giovane che conservava gli avanzi di bellissime forme. Era divenuto un fantasma e spalancava verso me due occhi nerissimi che sembravano voler saltare dalle loro orbite. Aveva cessato di lamentarsi quando conobbe che io l'avevo scorto e che mi avanzavo verso di lui.

Per quanto fosse urgente il pericolo io non volli lasciare quel sofferente senza tentare ogni mezzo per liberarlo. Mi avvicinai e lo baciai sulla fronte.

Oh! sì! io mi sento attratto verso qualunque creatura che soffre. E questa sarà certo la corrispondenza gentile d'amorosi sensi a cui l'Onnipotente informa le anime che non furono infette dal soffio avvelenatore del prete.

Mi chiamino pure brigante!

Mi avvicinai all'infelice e baciai quella fronte grondante sudore ed ardente come un tizzone. Ma che fare! le radici delle sue catene erano impiombate nel muro e quei massi erano enormi. Mi ravvolsi tra il carname a cercare ferri che mi servissero a scavare nel muro o a rompere le catene. Orrore! dovunque istromenti di tortura! Dovunque, rotelle, eculei, letti di ferro, stirature, tanaglie, corde da laccio, graticole ed altre simili *mortificazioni del corpo* come le chiamano i preti e che solo questa genia d'inferno poteva inventare per sventura dell'umana famiglia.

Nel breviario Romano approvato dal Concìlio di Trento a pagina 498 sez. IV. Notturno II. (edizione di Venezia anno 1740) esiste una lettera di S. Domenico di Guzman, patrono di Torquemada e di Arbuez, diretta a Papa Onorio III, nella quale, con un cinismo spaventevole, con una crudeltà tanto freddamente calcolata da far inorridire, egli traccia di sé medesimo un ritratto ributtante ed orribile. Leggetela sino in fondo, se il cuore vi basta, e letta che l'abbiate adorate ancora, se ve ne par degno, S. Domenico di Guzman!

"Beatissimo Padre.

Linguadoca, 7 Aprile 1217

Con l'aiuto del Signore, io e miei compagni non cesseremo mai dallo sbarbicare dal campo della chiesa, quest'erba velenosa che merita il fuoco, prima in questa vita poi nell'altra.

E per consolare la santità vostra dalle cure gravissime dell'Apostolato le accennerò quel poco di bene che con l'aiuto di Dio abbiamo operato in queste infelici provincie tanto desolate dall'eresia. Affrancati dal duca di Monfort già trentasettemila di questi nemici della religione cattolica stanno a bruciare nelle fiamme dell'inferno, e così diradate le nuvole pare che il sole della retta fede cominci a risplendere in queste contrade.

"Il piissimo duca è tanto infervorato dallo zelo cattolico che, dovunque ha sentore si annidino di queste fiere, accorre colle sue truppe e dà loro la caccia. Essi o resistano o fuggano son sempre raggiunti e puniti. Non si usa pietà ai *corpi* di gente che non ne usò alle anime fedeli, cui uccise col mortifero veleno dell'errore. Egli li sottopone prima a tormenti per costringere la loro ostinazione a manifestare gli aderenti. È impossibile immaginare quanto lo spirito satanico s'impossessi di loro, e li renda fermi nella infernale impenitenza. Non si lasciano fuggire un accento dalla sacrilega bocca che il demonio chiude con una mano di ferro. Un vecchio, posto alla tortura, e quasi stritolato sotto ad una macina, rideva ed insultava i santi ministri, i quali gli ricordavano l'obbligo della fede.

Un'altra *giovinetta di Belial*, alla quale i soldati del Duca in punizione di aver alimentato le carni di un eretico strapparono dall'ossa con una tenaglia quelle carni maledette, sorrideva, metteva dentro le mani alle proprie piaghe e diceva di sentirne refrigerio; sicché i soldati a meglio refrigerarla seguirono per un'ora a rinnovarle quella consolazione senza poterla indurre a manifestare, dove fosse l'iniquo, che essa aveva albergato ed alimentato.

I poveri soldati sono instancabili nell'opera della fede e la sera dopo la preghiera e dopo innumerevoli meriti acquistati, sono da me benedetti con la papale benedizione che V. S. mi concedette di largire nel suo nome santissimo.

Io crederei, Beatissimo Padre, che a rimunerare in qualche modo la *fede ardente* del sig. Duca, V. S. dovesse avere la benignità di conferire o a lui, o a suo fratello Don Rodrigo canonico della cattedrale di Tolosa, la sacra porpora la quale egli si ha già acquistato con le sue escursioni tingendola nel sangue maledetto di quegli sciagurati.

Basta che in questi paesi si senta il suo nome perché gli eretici Albigesi tremino da capo a piedi. Il suo costume è di andare per le corte spacciando in un sol colpo i più arrabbiati. Quanti gliene capitano nelle mani costrìnge a professare la nostra fede con la formola ingiunta da V. S. Se ricusano, li fa battere ben bene mentre che si accende il rogo. Quindi interrogati se si sien pentiti ed ascoltato che no, conchiude: O credi o muori. Li mettono ad ardere a fuoco lento per dare loro tempo di pentirsi, e di meritare l'eterno perdono.

Alcuno di questi miserabili, benché assai raramente, sullo spirare ha dato segni di ritrattazione e di orrore della morte che meritamente subiva; ed io mi consolavo nel Signore osservando quegli atti che potevano essere indizio di pentimento. Quando più essi si dibattevano tanto più noi godevamo nella speranza che quelle brevi pene fruttassero loro il gaudio eterno, dove speriamo di trovarli salvi nel santo paradiso quando al Signore piacerà di chiamarci agli eterni riposi.

Intorno poi agli altri che furono sedotti, e perciò meno rei, non si costuma di condannarli subito ma per esercitare con essi quella carità, che il nostro Salvatore comanda, da principio si risparmia loro la vita ed invece si adoprano alcuni tormenti i quali per quanto siano gravi alla carne sono infinitamente più lievi degli altri riserbati allo spirito nelle fiamme eterne.

Si adoprano rotelle, eculei, letti di ferro, stirature, tanaglie ed altre simili mortificazioni del corpo che secondo la legge del nostro Signor G. Cristo dev'essere macerato in terra per averlo glorioso nella vita eterna.

In altra mia mi farò un dovere di rallegrare il cuore della Santità Vostra, con più minuta narrazione di questa opera che il Signore si compiace di fare per nostro mezzo.

Intanto prostrato al sacro piede della S. V. imploro per me e per questi miei collaboratori e compagni, l'apostolica benedizione e mi dichiaro"

Della S. V.
Re dei Re e Pastore dei Pastori
l'ultimo dei servi e figli
DOMENICO GUSMAN

CAPITOLO XLV
SEGUITO DEL RACCONTO DI MARZIO

"E Nanna e Maria (tale era il nome della compagna di Nanna) s'erano anch'esse avvicinate allo sventurato giovane e si affannavano, ma invano, a sottrarlo dall'orribile supplizio. Per fortuna di tutti la mia Nanna mi scosse coll'esclamare oh! una chiave! e veramente con molta perspicacia, volgendo lo sguardo al giovane, vi avea scoperto la chiave in un buco.

Provata la chiave nei chiavistelli della catena, andava bene, e mentre le arrugginite serrature cedevano alla mia mano d'acciaio, ad ogni crocchiare del ferro il mio cuore si dilatava e mi parea sentirmi alleggerito di un peso.

Ero all'ultimo catenaccio, anche questo aveva ceduto e liberavo le membra intirizzite del giovane quando Nanna mi afferrò per il braccio e timorosa indicommi nella direzione della ruota una luce.

Abbandonai il liberato compagno e fui tosto presso alla ruota. Appena giunto mi compariva innanzi un angiolo custode cioè uno dei birri il quale s'innoltrava girando la ruota colla sua brava lanterna sorda nella mano sinistra ed una pistola nella destra.

Fatto piccin piccino e rannicchiato io lo contemplai in tutta la maestosa sua corpulenza e nella sua apparizione fantastica e quando gli occhi suoi si fissarono spaventati sulla mia fisionomia ben poco piacevole in quel momento avevo già attanagliato la sua destra colla mia sinistra, la mia daga aveva trovato la sede della vita nelle sue viscere ed il corpaccio del birro rotolava cadavere sul terreno.

Voi sapete, Capitano, che io sono nemico del sangue e che solo per difesa personale l'ho versato. Ma là non c'era da burlare, sapevo i nemici non meno di cinque e io ero solo... ma che dico? al capitombolo dello sgherro mi avvidi di non esserlo più. Il mio liberato, rifatto agile dall'urgenza, era già sul caduto, Io spogliava delle armi e se ne armava lui stesso. Le mie valenti compagne da una vecchia graticola di tortura avevano staccato due spranghe e s'erano schierate in serrafila per aiutarmi.

La situazione era cambiata. Il morto, per adagio che lo avessi spacciato, non avea mancato di dar fuori un grugnito straziante e ciò avea insospettito i compagni e veramente io udii battere in ritirata il nemico perché i passi che noi distinguevamo perfettamente rimanendo in silenzio assoluto si sentivano allontanarsi. Lo ripeto, non c'era da burlare, né da far consigli di guerra per pigliare una decisione.

Dalla parte ove eravamo entrati, cercar di uscire sarebbe stata pazzia. E che altra via ci restava? Sapevamo tutti che le nostre romane catacombe, hanno sempre vari usci, la via di scampo non poteva trovarsi che lì, ed anche sta volta non m'ingannai.

Un'occhiata significativa al mio nuovo compagno mi confermò nelle mie congetture e senza aprir bocca toccando colla sinistra il cuore egli mi fé' capire ch'io potevo far assegnamento su lui in un viaggio per quel regno delle tenebre e della morte.

Non v'era tempo da perdere: l'alba dovea essere vicina e molte misure dovevano concertarsi nel convento per assicurare la nostra cattura. Gente armata dovunque allo sbocco di ogni uscita del sotterraneo era il meno che si poteva aspettare di trovare tardando.

L'acquisto di Tito fu per noi tutti prezioso. Egli non solo era pratico del sotterraneo ma a certa distanza alquanto a sinistra egli raccolse parecchie torcie a vento e le distribuì alla comitiva. La precauzione del mio compagno fu ben utile poiché il mio piccolo cero era sul finire e la lanterna del birro non aveva olio sufficiente per continuare un lungo viaggio sotterra.

A destra del punto ov'egli aveva trovato le torcie, Tito mi mostrò un chiarore e mi disse: quell'apertura mette nel giardino del convento e passata che sia, siamo fuori dal pericolo.

Camminammo, camminammo certo ben due ore, per un sotterraneo tagliato a scalpello nel tufo di cui come sapete, Capitano, il sottosuolo romano è composto e ne abbiamo visitate insieme di quelle catacombe ben molte nella nostra misteriosa ed illustre terra.

Catacombe terribili per chi non le conosce poiché ramificandosi per molti versi esse diventano un vero labirinto per chi non ne ha il filo.

Giovani e svelte le due donne eran sempre sulle nostre calcagna. Io chiedevo loro sovente: siete stanche, volete il braccio? ma loro: "Oh! no! Andate pure che vi seguiremo sino alla morte". "Ecco

32

la luce", esclamò finalmente Tito: e veramente davanti a noi comparve come un bagliore che si perdeva nella lontananza.

"Da quell'uscio noi giungeremo nel bosco di Castel Guido, da dove mi trassero per condurmi a Roma in un seminario semenzaio d'immoralità e di turpidini".

Seminario! ove si seminan preti e donde escono i giovani negromanti per l'edificazione di questa nostra povera Italia! Ed il Parlamento li ha conservati questi vivai di malizia e di corruzione! Parlamento nazionale! Rappresentanti del popolo!… Maledizione ai falsarii!

CAPITOLO LXVI
SEGUITO DEL RACCONTO DI MARZIO

"Giunti all'uscita del sotterraneo, Tito cominciò a spostare alcuni rami di lentischio che ne ostruivano l'entrata ed uscì il primo girando lo sguardo per ogni verso. Salvi! egli finalmente esclamò. Salvi! sin qui non giunsero i nostri persecutori. Uscito colle compagne non potei ristarmi dall'ammirare come un orificio sì angusto ed impercettibile, quando sia ricoperto da' rami potesse dare adito a quella spaziosa ed immensa catacomba!

Castel Guido, io dissi a Tito, ma non lontano dobbiamo avere la tenuta del nostro poeta pastore? Sì! rispose egli: a poche miglia e vi guiderò diritto a quella volta ove potremo trovare un po' di riposo ed un'eccellente ricotta per soddisfare la fame.

Il sole di Marzo era altissimo sull'orizzonte, quando lasciammo il sotterraneo e nella splendida foresta ove ci trovavamo internati, le piante secolari che ricordavano forse le immortali legioni poco accesso davano ai cocenti raggi del figlio primogenito di Dio. I sentieri solcati dalla bufala eran quindi magnificamente ombreggiati e ben piacevole sarebbe stato il passeggiarli meno stanchi ed affamati.

Alla fine sull'orlo del bosco apparve ai desiosi nostri occhi la casipola mentovata e per fortuna sulla soglia scoprimmo il nostro amico che sembrava aspettare qualcheduno.

"Accidenti!" gridò il poeta quando fummo giunti vicino a lui; "non aspettavo quest'oggi voi, Marzio!" e ci stringemmo le destre come vecchie conoscenze.

"Aspettavo birri, come al solito", continuò l'amico "giacché si vociferò che alcuni delle vostre bande si aggiravano in questi dintorni" e con voce bassa trascinandomi alquanto da parte: "Anzi qui a poca distanza v'è Emilie, soggiunse, con due compagni".

In luogo di cacciatori ti giunse adunque la selvaggina, o Lelio, ma poche parole: dacci da mangiare e da bere che noi si muore di fame.

"Entrate, qui nulla manca. Eccovi prosciutto, ricotta, pane ed una foglietta proprio d'Orvieto".
"Mangiate, bevete ch'io vi guarderò le spalle da quei malandrini di
Roma. Accidenti a quanti sono!".

Divorammo il frugale ma abbondante e sano pasto e quel primo bisogno soddisfatto, io richiesi da Tito il racconto delle sue avventure il che egli fece in poche parole. "Io, disse, sono di Castel di Guido e di onesta famiglia. Mio padre massaio dell'immensa tenuta del Cardinale M. per consiglio dell'Eminentissimo mi mandò a Roma nel seminario all'età di quindici anni per abbracciare la carriera ecclesiastica.

Eran due anni che contra all'indole mia mi trovavo a dover fare quel maledetto mestiere ed era qualche tempo che il reverendo Petraccio direttore del seminario mi mostrava simpatia ed a dispetto de' miei compagni, gelosi della mia buona fortuna, il reverendo alcune volte mi conduceva seco al passeggio. Le passeggiate con Petraccio, sempre noiose lo sembravan meno quando con lui si entrava nel convento di S. Francesco a visitare le monache. Badessa e monache forse invaghite delle mie forme (ed era veramente bello il nostro Tito) mi carezzavano sempre e mi colmavano di gentilezze. Vi lascio pensare: che traccie di fuoco lasciassero nell'anima mia quelle visite a tante belle creature. La badessa onnipotente sull'animo del direttore ottenne e senza molta difficoltà (almeno io credo) ch'io potessi essere impiegato al servizio divino del convento facendo da secondo ad un vecchio rettore che officiava per le monache.

Non tardai ad accorgermi dello scopo cui mirava la santa matrona ed eccitato come ero per la mia frequenza fra tante donne non fu difficile il farmi peccare.

Vari mesi durò quella tresca e sotto un pretesto o sotto l'altro stavo pochissimo in seminario e coll'appoggio del Direttore potevo fare quanto mi piacea. Il Direttore alla sua volta era retto dispoticamente dalla badessa che lo lasciava liberissimo gallo nel pollaio.

D'indole tutt'altro che da seminario, sin da giovinetto ero stato appassionatissimo per la caccia e per qualunque avventura che richiedesse ardimento. Così nelle mie escursioni pei dintorni di Castel di

Guido avevo scoperta l'entrata del sotterraneo che noi abbiamo lasciato e moltissime volte colle mie torcie a vento ne avevo esplorate le parti più recondite.

Io stesso aveva troncato le comunicazioni col convento e me ne servivo per introdurmivi a tutte le ore, e devo confessarlo a detrimento del pudore delle giovani suore dalle quali ero adorato.

Lunga sarebbe la storia delle gelosie della badessa, che furba com'era s'era accorta della mia predilezione per le più giovani e molte volte l'avevo trovata in una irritazione tale da mettermi paura.

Infinite furon le scelleraggini da me vedute commettersi in quella casa di prostituzione durante la gravidanza ed il parto delle infelici sedotte ed il carcame delle creature distrutte appena nate è cosa da far inorridire ogni anima gentile! Dico il vero: io mi ero proposto di allontanarmi da quel luogo maledetto per non tornarvi mai più!

Ma ero destinato a pagare il fio della mia complicità a tanta abbominazione. La megera, la matrona di tante dissolutezze, sembrò aver indovinata la mia risoluzione di fuga e non mi diede tempo di eseguirla.

Un giorno: scendete Tito nel sotterraneo, mi disse, e portatemi alcune delle torce a vento, che mi furon richieste per una processione notturna. Ebbi un presentimento di sciagura, ma ardimentoso come sempre non volli dare ascolto a quella voce del mio cuore. Poi mi era balenata alla mente l'idea di profittare dell'occasione, per allontanarmi per sempre da quella cloaca.

Non avevo ancora terminato di scendere la scala della catacomba che mi sentii agguantato da quattro robusti uomini e trascinato verso il carcame che voi avete veduto e donde miracolosamente fui tratto da voi.

Eran birri, e furono inutili le mie suppliche, le mie promesse e la mia disperazione. Io doveva essere tra le vittime dell'impudicizia e dell'infamia. Ma voi mi salvaste, uomo coraggioso!" e Tito così terminando baciava la mano del suo liberatore".

"Terminato il racconto del povero Tito, io avea voglia di udire qualche cosa della storia di Maria ma rifocillati di buoni cibi e scaldati dall'Orvieto, la fatica (che non era stata poca) della notte e d'una parte del giorno fece sì che i miei occhi e quelli de' miei compagni accennassero a volontà diversa da quella di udire delle storie. Anzi di lì a non molto, tutti come per mutuo consenso, cominciammo a russare al posto stesso ove eravamo seduti.

Io non so quanto tempo rimanemmo in quella posizione, so però che un fischio acuto risuonò nell'abituro e ci fece balzare tutti in piedi.

Ci stropicciavamo gli occhi quando entrò il poeta pastore e disse:—Non vi allarmate; non c'è pericolo, ho risposto ad un fischio di mio figlio Vezio che aveva mandato in sentinella sulla sommità della rovina Petilia da dove si può distinguere chiunque si avvicini alla tenuta. Ora, chi viene è gente nostra, proprio delle tue bande.—E Marzio come non fosse in presenza del suo Capitano ma nella Campagna Romana si lisciava con la destra i nerissimi mustacchi.

Eran proprio dei nostri intrepidi compagni, terrore della birraglia pretesca. Vi lascio pensare. Comandante, qua! gioia reciproca c'inondasse nel ritrovarci. Molte furon le carezze che mi prodigarono quegli uomini che il volgo crede induriti ad ogni misfatto e che sono in sostanza la parte eletta del popolo insofferente di prepotenze ed ingiustizie. Quella parte del popolo che se invece della degradante educazione del prete ricevesse una vera educazione morale patriottica ed umanitaria darebbe all'Italia degli eroi ed al mondo gli stessi esempi di virtù e di coraggio che davano gli antichi padri nostri".

E qui tocca a me di ripetere per la centesima volta, che solo i preti furon capaci di ridurre il più grande dei popoli della terra alla condizione del più umile, del più degradato di tutti i popoli!

"Salvata sì portentosamente la mia Nanna e reduce tra i miei coraggiosi compagni, io avea ragione d'esser contento della mia sorte. Ma ripeterò il vostro adagio favorito, Capitano: "*La felicità sulla terra esiste nell'immaginazione della gente, ma non è cosa reale*" avete ragione! Troppo presto provai la veracità delle vostre parole.

Vi ricordate quel prete scellerato della Basilica di S. Paolo che fingeva d'essere sviscerato amico vostro ed a cui noi fummo così larghi di simpatie e di favori? Ebbene! il mostro s'era innamorato della mia Nanna e mai mi perdonò l'affetto con cui mi ricambiava quell'angelica creatura. Don Pantano con quell'astuzia infernale che distingue la sua setta malefica era riuscito a guadagnarsi gli animi nella famiglia di Nanna e ad inviperirli. I quattro fratelli di lei come ella mi disse poi, aiutati da altra gente mascherata e consigliati dal prete volpone, avevano essi eseguito il primo ratto della mia fanciulla in casa Marcello. Questa volta, dovendo necessariamente allontanarmi co' miei ed essendo la mia diletta in delicata condizione ed affranta dalle fatiche sofferte, io mi decìsi di lasciarla in casa del nostro poeta insieme alla Maria con cui era divenuta si può dire sorella d'affetto cementato dalle sventure e dai pericoli passati in comune.

Inquieto per altro sulla sorte della mia donna e conocendo la malizia del suo persecutore io mi aggirava colla banda d'Emilio intorno alla tenuta di Lelio, come la lionessa quando deposti i suoi piccini, si allontana per cercare alimento, ma circuendo sempre il nascondiglio del suo tesoro. Vi assicuro che ben difficile sarebbe stato ai primi rapitori il portar via la mia Nanna. Nella mia custodia erami Tito di non poco giovamento il quale, pratico di quelle contrade, non aveva voluto più abbandonarmi.

Ma ove non arriva la malvagità di un prete? Il Pantano, sapendo quanto ardua era l'impresa di portar via la sua preda, ideò di distruggerla lo scellerato!…

Vicina al parto, l'infelice giovane, sola, colla Maria inesperta in tali faccende seguì l'innocente consiglio di Lelio, di chiamare da Castel Guido la levatrice di quel paese sino allora tenuta per onesta. Onesta!… ma chi può fidare sull'onestà delle donne ove signoreggia il negromante? Corruzione! Prostituzione! ecco il codice dei sacerdoti della menzogna! Chi non lo crede vada a passare alcuni mesi in quel covile di serpenti mitrati ove un dì nacquero i Cincinnati e gli Scipionì.

Quanti delitti non si possono far commettere da una creatura assicurandola che essa compie la volontà di Dio! ch'essa ode la parola di Dio!

Parola di Dio! sacrilegio che solo un prete può pronunciare! Eppure ogni festa, metà almeno del mondo cattolico va ad udire la parola di Dio! in seno alla sposa di Gesù Cristo, la Chiesa!

Veleno! Veleno! si amministrò alla mia Nanna. Capitano mio! ed il veleno mi portò via donna!, prole!, ed ogni felicità sulla terra!

Fui arrestato sul freddo cadavere di lei inconscio della vita. Seppi poi, che s'impiegò al mio arresto tutto l'esercito di mercenari papalini, che i nostri bravi si batterono disperatamente per liberarmi ma sopraffatti dal numero e quasi tutti feriti si ritirarono in buon ordine.

Istupidito chiesi a più riprese la morte. Invano! il gran trionfo di quel prode esercito era più splendido se mi avevan vivo ed incatenato.

Dalla galera di Civitavecchia fui inviato a Roma dopo pochi mesi e liberato, col giuramento di assassinare il principe T…

Giuramento!… avete capito Comandante, Giuramento! quella viltà degradante della dignità umana con cui il despotismo ed il prete credono di vincolare la gente!… Giurare di servir fedelmente un impostore od un tiranno!… di obbedirgli… ancorché si dovesse assassinare il padre e la madre!…

Ed io giurai, vi dico il vero, ma giurai di far loro una guerra a morte per quanto dura questa vita d'inferno ove non abbiamo altra alternativa: che morire o ammazzare!".

CAPITOLO LXVIII
PREDICAZIONE DEL SOLITARIO

Addio Venezia! non ultima gloria d'Italia! Il tuo popolo come il resto dei popoli della penisola, passato sotto le verghe dello straniero, ha perduto la gloriosa impronta di grandezza che lo distingueva ai tempi di Venier e di Dandolo. Come i suoi fratelli si è intisichito d'anima e di corpo e come a loro non gli resta che la millanteria dei tempi passati.

Pare impossibile! a qual punto le nazioni sono corrose dal despotismo e dal prete. Guardate il fiero Yankee bello, franco, eretto che nulla trova di arduo nel mondo e grida sempre *Avanti!* nelle imprese più arrischiate.

Tale è l'inglese e tale è anche lo svizzero.

Paragonate quei liberi popoli coi discendenti di Leonida e di Bruto e questi troverete curvi sotto l'abitudini del servilismo e del continuo timore che fan pesare sovr'essi i due papi di Stamboul e di Roma.

Io ho veduto greci in Costantinopoli inchiodati per un orecchio alla porta della loro bottega e lo straniero passando sogghignare con disprezzo chiamandoli truffatori e ladri ed eran veramente ladri e truffatori condannati al chiodo per falsificazioni e furti.

Il romano mendico sotto i colonnati dei suoi templi ha forse qualche cosa di men disgustante del Romeo di Stamboul, men depresso, ma è altrettanto vizioso e degenerato.

E Venezia!, come Roma, come altre sorelle italiche è degenerata! La mia comparsa in quella città predicando i principii santi di libertà e del vero riuscì di poco frutto. Grida sfrenate vi si udirono al mio passaggio ma i fatti poco o nulla corrisposero alle grida. Invece di deputati che io raccomandai buoni furono inviati quasi tutti servili. I preti che io dipinsi quali erano, colle loro turpi malvagità, passeggiano insolenti e riveriti come prima.

A Padova ebbi il caro spettacolo degli studenti di quella celebre università e l'animo mio fu ringiovanito dal loro fervido amore di patria e dell'umanità.

Vicenza, Treviso, Udine, Belluno, Feltre, Conegliano, mi accolsero calorosamente e serberò tutta la vita grata memoria di quelle care popolazioni.

CAPITOLO LXIX
CAIROLI COI SETTANTA COMPAGNI

I popoli ben governati e contenti non insorgono. Le insurrezioni, le rivoluzioni, sono la risorsa degli oppressi e degli schiavi e chi le fa nascere sono i tiranni.

Vi sono, è vero, delle eccezioni, ma queste hanno generalmente la loro origine in cause che potrebbero aver nome diverso dalla tirannide ma che in sostanza sono sempre il prodotto di tirannide morale o materiale.

La Svizzera, l'Inghilterra, gli Stati Uniti ebbero pure ed avranno forse ancora delle insurrezioni benché quei paesi sieno i meno mal governati.

La Svizzera ebbe il suo Sonderbund e l'Inghilterra ha i suoi Feniani per cagione dei preti cioè per la tirannia morale esercitata dalla negromanzia sulla parte ignorante delle popolazioni.

Gli Stati Uniti ebbero in questi ultimi anni la loro terribile rivoluzione e ne fu cagione la tirannide materiale che i ricchi coloni del Sud esercitavano sui loro schiavi e che avrebbero voluto estendere negli altri Stati dell'Unione. Morale o materiale, è dunque sempre Tirannide la causa delle rivoluzioni. Ed in Roma chi negherà non ci sia materiale e morale tirannia?

Schifosa tirannide è quella del prete! che prostituisce l'Italia allo straniero e la vende per la centesima volta! La più depravata delle tirannidi!

Era una notte d'Ottobre umida, oscura, ventosa. La pioggia avea cessato di grandinare sulla superficie rilucente ed increspata del Tevere. Le sponde del fiume fangose e solcate dagli scoli dei campi dove ogni fosso s'era fatto torrente non presentavano approdo, o ben difficile.

Erano settanta in varie barche armati di revolver e pugnale con alcuni cattivi fucili. Il loro abbigliamento era più semplice assai che non lo comportava la notte fredda e piovosa ma i settanta sentivano il calore dell'eroismo!

In quella notte Roma doveva insorgere. Nella città si erano introdotti molti dei più coraggiosi d'ogni provincia italiana. I nostri vecchi amici Attilio, Muzio, Orazio, ecc., erario al loro posto per capitanare la gioventù romana.

Invano la sbirraglia pretina si travagliava a scoprire i congiurati, arrestare a destra e sinistra chiunque potesse darle il minimo sospetto. Invano! Roma era gremita di generosi pronti a spendere la loro vita per la sua liberazione; e i settanta trascinati dalla corrente del Tevere gonfio dalle pioggie si avanzavano velocemente in soccorso dei fratelli.

All'ombra del monte S. Giuliano approdarono i valorosi sulla mezzanotte tra il ventidue e il ventitré Ottobre 1867.

"Alle quattro a. m. si dovrà marciare su Roma" disse il prode dei prodi, Enrico Cairoli, ai suoi eroici compagni.

"In questo casino della Gloria riposeremo le membra stanche aspettando le relazioni dei nostri di dentro per assaltare simultaneamente i nemici.

Intanto sento il dovere di ricordarvi che l'impresa è difficile quindi degna di voi. Se alcuno però, piagato nei piedi o indisposto, non si sentisse di seguirci, torni. Noi non gliene faremo un addebito; gli diremo: a rivederci in Roma".

"Nella vita e nella morte, noi vi seguiremo" risposero ad una voce quei tortissimi ed uno solo non se ne trovò che volesse tornare indietro.

"Non vedo la guida che dovea condurci a Roma, né alcuna credo sia venuto di là, a darci notizie dell'insurrezione" diceva Giovanni Cairoli al fratello al ritorno d'una perlustrazione. Ed albeggiava, ed erano proprio in bocca al lupo, cioè inoltrati fra gli avamposti dei papalini e col pericolo d'essere assaliti ad ogni momento.

"Che importa!—dicea l'intrepido Enrico.—Noi siamo qui venuti per pugnare e non torneremo senza aver adempiuto il nostro dovere".

A mezzogiorno un messo da Roma annunziava: il moto della sera avanti essere rimasto dubbio e attendersi notizie ed ordini sul da fare.

Il messo fu rinviato per sollecitare l'azione interna e annunziare la presenza dei settanta pronti a correre in aiuto. Ma nessuna risposta venne ed alle cinque p. m. scoperti da due compagnie di papalini ed attaccati i settanta si prepararono a vincere o morire.

Il valoroso Giovanni Cairoli, che alla testa di ventiquattro dei nostri faceva da vanguardia, in una casa rustica della villa, fu il primo ad essere attaccato e ad onta della superiorità de' nemici, sostenne senza piegare l'urto dei papalini. Ma, temendo che il numero finisse col soverchiare quel pugno di valorosi, il fratello suo Enrico caricò alla riscossa in aiuto dei venticinque e fece piegare co' suoi risoluti compagni i mercenari imbaldanziti che respinti dai coraggiosi italiani si diedero alla fuga. Ma altre forze nemiche, numerose e fresche accorsero a sostenere e raccogliere i fuggenti pigliando posizione dietro le alture del monte S. Giuliano, donde spaventosamente facevan fuoco colle loro armi superiori.

I Cairoli, coi loro intrepidi compagni, per l'inferiorità delle armi, avendone molte che non facevano fuoco, ebbero ricorso alle baionette e fecero una di quelle cariche che decidono sempre della sorte di un combattimento.

I mercenari volsero le spalle e lasciarono sul campo buon numero di morti e parecchi feriti, ma i valorosi soldati della libertà perdettero il loro eroico capo, il di lui fratello, ed ebbero non pochi gravemente feriti.

La notte mise fine a quella pugna di giganti!

E dentro Roma che faceva Cucchi con tutti i patrioti Romani e delle provincie consacrati alla liberazione della città od alla morte?

Cucchi, da Bergamo, una delle più squisite individualità che la rivoluzione abbia dato all'Italia, bello, giovine, ricchissimo e d'una delle prime famiglie di Lombardia, Guerzoni, Bossi, Adamoli e tanti altri, tutti disprezzando le torture dell'inquisizione e mille altri pericoli dirigevano l'insurrezione romana sotto il comando dell'arditissimo bergamasco.

Il povero popolo di Roma era docile alla direzione di quei forti e domandava armi e d'armi ne erano state inviate molte da ogni parte d'Italia ma questo Governo di Firenze, esperto in ogni umiliazione e malvagità ed espertissimo nel fare il birro, avea avuto lo scellerato talento di fermarle tutte, in guisa che di pochissime quei di dentro potevano disporre.

Si aggiunga il tradimento che si preparava a questo popolo infelice: istigandolo a fare alcuni tiri di fucile *anche all'aria* poiché sarebbe bastato, si diceva, per far volare l'esercito italiano dalle frontiere e si avrà un'idea dell'infernale perversità con cui da Firenze s'ingannava il popolo di Roma e gli eroici suoi amici.

E i tiri di fucile li fecero i poveri Romani e si batterono senz'armi per le strade contro l'immensa soldatesca ben armata e birri e preti e frati pure in armi e fecero saltare una caserma di zuavi con una mina e col solo coltello pugnarono da disperati contro la famose carabine dei mercenari.

In Trastevere s'eran riuniti i nostri vecchi conoscenti, Attilio, Muzio, Orazio, Silvio e Gasparo, e con loro tutti quelli dei trecento su' quali la polizia non aveva ancora posto le mani.

Il popolo avea trovato capi atti a guidarlo e vi fece il suo dovere.

Alcune delle vecchie carabine da noi conosciute nella campagna di Roma facevano atto di presenza nelle robuste mani di Orazio e de' suoi compagni e servivano d'efficace aiuto al nudo coltello dei trasteverini.

Birri, carabinieri, zuavi, dragoni, in un fascio, colpiti da tegole, stoviglie e arnesi gettati dalle finestre popolane, dalle coltellate del popolo e da alcune poche carabine e fucili, precipitavano la loro fuga nella Lungara verso Ponte S. Angelo e vi furono spinti persino oltre il ponte. Ma questo era infilato da una batteria di cannoni, sostenuta da un reggimento intiero di zuavi e quando il popolo frammischiato ai nemici che inseguiva si affollò sul ponte, il comandante dei clericali, degno seguace di Torquemada, ordinò il fuoco e le sei bocche della batteria e i fuochi di linea della fanteria concentrati sul ponte fecero un vero macello di popolo e di birri.

Che importavano a Sua Santità le membra sparse de' suoi fedeli e compri scherani? Il denaro dei traditori d'Italia era pronto per comprarne degli altri, quel che sommamente importava, era di ammazzare il maggior numero possibile di ribelli.

E molti ribelli pagarono colla vita il loro nobile slancio su quel ponte fatale, tanto più che nella sublimità dell'entusiasmo il popolo tornò per tre volte all'assalto e per tre volte venne respinto dalla grandine fitta di mitraglia e di palle da carabina che vomitavano i difensori del negromantismo.

Chi fosse alla testa del popolo nell'assalto del ponte si può indovinare. I nostri cinque, ruggendo come leoni, dopo aver consumate le cariche, avevano spezzate le loro armi sul cranio della sbirraglia e raccoltene di nuove sugli uccisi trascinavano seco il popolo e coll'esempio e la parola lo spingevano all'eroismo.

Il primo dei coraggiosi capi che morde la polvere fu l'anziano, il venerabile principe della foresta, Gasparo. Egli cadde collo stesso sangue freddo con cui si poneva a sedere all'ombra dell'antica quercia che gli servì di padiglione per tanti anni. Aveva il sorriso sulle labbra ed era beato d'aver potuto dare la vita per la causa santissima del suo paese e dell'umanità.

Un biscaino lo aveva colpito nel cuore e la bella morte fu istantanea e senza dolori.

Silvio cadeva accanto a Gasparo, colle due coscie trafitte. Orazio ebbe l'orecchio sinistro portato via da un pezzo di mitraglia e un altro gli sfiorò l'omero destro.

Muzio fu colto da una palla nel petto che lo avrebbe spedito senza il robusto orologio inglese, regalo della bella Giulia, che andò in frantumi, ma gli salvò la vita al prezzo soltanto di una forte contusione.

Attilio ebbe sfiorata la coscia destra, la guancia sinistra e sul cranio un'incannellatura quale fa la corda sull'orlo del pozzo.

Troppo era l'eccidio del popolo, troppi i caduti e dopo tre cariche consecutive quella brava gente fu costretta di retrocedere.

Orazio caricatosi Silvio sugli omeri lo trasportò nella prima casa accanto al ponte ma giuntavi la soldatesca, il prode amante di Camilla vi fu trucidato e fatto a pezzi.

Ugual sorte ebbero donne e bambini e molta gente inerme caduta nelle mani di quei degni soldati dei preti.

Nella Lungara v'è un lanifìcio nel quale erano occupati molti lavoranti. Quanto sieno nobili gli istinti dell'operaio appare nei casi solenni e di rivoluzione. In simili circostanze l'operaio salva la roba e non la ruba, salva la vita agli inermi, agli arresi, e non uccide mai col barbaro cinismo del mercenario. Si batte poi come leone disarmato contro gli armati, uno contro dieci.

Di quel lanificio di Lungara molti operai si trovavano già cogl'insorti e solo i più vecchi erano rimasti nello stabilimento.

Quando però quei buoni vecchi scorsero il popolo ed i loro compagni perseguiti da birri e da mercenari, spalancarono le porte, introdussero dentro i fuggenti o gran parte e poi spianarono stanghe, mannaie ed ogni istromento di ferro o di legno che potesse servire a difesa e ad offesa contro gli odiati stranieri e i birri persecutori.

Ne nacque un parapiglia indicibile all'entrata del lanificio ove il vantaggio rimase alla gente onesta ed ove non pochi della sbirraglia ebbero le cervella fracassate a colpi di stanga e la pelle forata da coltelli. Fu d'uopo che i birri imprendessero un regolare assedio, pigliassero posizione nelle case di fronte e nelle circonvicine e così continuassero la pugna. I nostri asserragliati e barricati nel lanificio e ne' suoi dintorni, radunate alcune armi da fuoco tenner testa, e continuò con varia fortuna accanitissimo il combattimento.

I superstiti nostri tre amici, feriti, avevan combattuto e combattevano da leoni. Gli insorti, animati dai loro capi, s'eran pure portati valorosamente, ma le munizioni mancavano e colonne di mercenari si avanzavano in sostegno dei loro.

La notte favoriva i figli della libertà che quantunque privi di munizioni e pochi non cessavano di resistere. Eran le sette pomeridiane, quando rallentati i fuochi degli insorti, una colonna di papalini si accinse all'assalto prendendo di mira il gran portone dell'edificio che gl'insorti avevano barricato ma non chiuso.

Orazio e Muzio dopo avere barricato il portone del lanificio armati ciascuno d'una mannaia, collocati i più giovani romani e più arditi a destra e sinistra del portone alla difesa, si tenevano pronti a resistere disperatamente ed a vendere cara la loro vita.

Attilio s'era incaricato di distribuire il resto della gente negli usci interni dello stabilimento, fatti barricare nel miglior modo possibile collocando buon numero di operai alle finestre del piano superiore donde dovevano scagliare sugli assalitori quanti oggetti pesanti potevano loro venire alla mano. Egli, armato della sciabola d'un gendarme ucciso da lui stesso nella giornata, scendeva poi a raggiungere gli amici al posto più pericoloso.

L'aspetto dell'interno del lanificio già era straziante. Molti cadaveri di coraggiosi popolani morti alla difesa dello stabilimento, erano stati portati ed ammassati nell'angolo più oscuro dell'ampio cortile. Molti feriti giacevano qua e là negli altri angoli e nelle stanze terrene e un solo lamento non si udiva da que' valorosi figli del popolo.

L'immensa tavola con un candelabro nel mezzo occupava il centro di un vasto salone a sinistra dell'ingresso e su quella tavola si vedevano ammonticchiate bende, fascie, filacce e panni di varie specie che la causa aveva potuto fornire pel servizio dei feriti. Bottiglioni, bottiglie, fogliette con vino non mancavano. Una conca grande d'acqua stava a' piedi della tavola, forse refrigerio più utile ai sofferenti feriti sia per mantenere, bagnandole, le loro ferite umide e fresche, sia per appagare la sete che le ferite generalmente cagionano.

CAPITOLO LXXI
LE TRE EROINE

Tre donne di rara bellezza sopraintendevano alla cura dei feriti ed al nobile e gentile loro aspetto, noi riconosciamo le nostre eroine: Clelia, Giulia ed Irene. La povera, la derelitta Camilla inconscia ancora della perdita del suo Silvio e coi segni in volto delle passate sventure, aiutava macchinalmente le tre pietose.

Tutte avevano fatto parte di quel popolo che per un pezzo vittorioso, aveva inseguito i mercenari sino al ponte S. Angelo e tutte si erano precipitate nel lanificio quando il popolo respinto si rifugiò e si trincerò in quello stabilimento.

Altre donne del popolo aiutavano pure e portavano ai feriti quel soccorso che la circostanza permetteva.

"Ebbene, principe della campagna romana,—diceva Attilio ad Orazio—ne hai già vedute molte, ma questa pugna che stiamo digerendo sta notte è certo delle più ardue. Mi consola però che questi nostri Romani mostrano ricordarsi de' tempi antichi.

Guardali. Nessuno impallidisce. Tutti sono pronti ad affrontare la morte, comunque essa venga".

"Anzi,—rispondeva Orazio—essi mangiano, bevono, e tripudiano come se fossero a una passeggiata al Foro a vuotarvi la foglietta".

"Eppure,—ripigliava il valoroso marito d'Irene,—essi avranno dura impresa a sostenere contro tanta canaglia che ci attornia e che aspetta il momento propizio per assaltarci.

Dall'aspetto di coloro che abbiamo a fronte e la cui baldanza aumenta sempre dal fuoco infernale che ci fanno contro e dai loro sguardi ed applausi che volgono verso il ponte S. Angelo, v'è da dedurre ch'essi non tarderanno a muoversi contro di noi colle truppe fresche che ingrossano di continuo".

"Non dubitare,—soggiungeva Muzio,—il ferro di questo fucile sarà ben vermiglio prima che quei briganti saltino qui dentro".

"Diamo un sorso d'Orvieto a questi nostri prodi", esclamò Attilio. E dopo aver tutti rinfrescata la gola con un bicchiere corroborante un grido unanime e solenne di "Viva l'Italia" risuonò strepitoso nella folla accalcata dei nobili difensori di Roma.

CAPITOLO LXXII
I MONTIGIANI

Mentre si pugnava disperatamente in Trastevere, i Montigiani, guidati da Cucchi, Guerzoni, Bossi, Adamoli ed altri generosi non se ne stavano colle mani alla cintola.

Lo scoppio della mina nella caserma degli zuavi era convenuto dovesse essere come il segnale del loro moto. E la mina scoppiò e quei prodi mossero con eroica risoluzione alla testa di tutta la gioventù romana che si potè radunare.

Quanti birri, impauriti dallo scoppio della mina si trovarono sul passaggio del popolo, furono disarmati od uccisi quelli che vollero resistere.

Però la mina avea fatto molto fracasso e poco danno, vuoi perché fosse la polvere insufficiente o pure mal collocata. I giornali clericali e i governativi italiani (che vuol poi dire lo stesso) assicurano: che solo la musica dei zuavi, composta d'Italiani era volata per aria e che gli stranieri, specialmente raccomandati alle efficaci preghiere di Sua Santità, erano stati miracolosamente salvi. Forse perché gli Italiani, hanno la fortuna di non essere più l'oggetto delle preci della negromanzia!

Il fatto sta, che pochi furono i mercenari morti e gli altri, usciti dalle caserme ed ordinatisi, incominciarono un fuoco d'inferno contro il popolo inerme.

Sulla caserma si dirigeva Cucchi coi suoi luogotenenti Bossi ed Adamoli ed alla loro voce e col loro esempio la gioventù romana si precipitava furibonda contro i mercenari stranieri. Era una lotta a corpo a corpo di gente per la maggior parte inerme, che s'avvinghiava ai soldati di mestiere e cercava di strappar loro le armi. Ma i mercenari erano molti. L'oro e i sussidi del Bonaparte erano stati potenti. Un gran numero di soldati francesi, sotto l'assisa degli zuavi pontifici da molto tempo per Civitavecchia aveva presa la via di Roma.

I mezzi che i paolotti, gesuiti, reazionarii avevano inviato al papa da tutte le parti del mondo erano immensi. Si aggiunga a tutto ciò gran numero di fanatici, preti e monaci che coll'abito di mercenari frammischiati ai soldati papalini, li eccitavano all'eroismo delle carneficine promettendo loro in ricompensa la gloria del paradiso oltre alle ricompense di molto oro e quant'altro potevano desiderare.

Povero popolo di Roma!

E chi dobbiam contar noi sotto quella denominazione quando si sìa detratto tutto quanto v'era di popolo pretino? Togliete Papa, cardinali, monsignori, preti, frati, accumulati lì, dell'intiero globo, con donne, con servitori, con cuochi, con cocchieri e con parenti di cuochi, di servi, di serve, delle loro donne e con una massa di popolazione operaia vivente alle spese di questa ricchissima ciurmaglia, ciò che resta meritevole del nome di popolo, che non appartiene al negromantismo, sono alcune famiglie oneste del medio ceto, pochi barcaiuoli e pochi mendichi.

Nella campagna, ove l'ignoranza mantenuta dal pretismo ha gettato ancor più forti radici, la gente parteggiava per il clericume in tutta l'Italia, massime nella campagna di Roma ove tutti i padroni son preti od amici potenti dei preti.

Mentre Cucchi co' suoi prodi compagni sosteneva alla testa del popolo un'eroica ma disuguale pugna nei dintorni della caserma degli zuavi, Guerzoni e Castellazzi, guidando un drappello di giovani aveano assaltato porta S. Paolo, disarmato alcune guardie ed incamminanvansi fuori ove dovevasi trovare un deposito d'armi. Le armi vi erano veramente ma padroni di quelle armi si trovavano già forti nerbi di truppe e birri pontifici con cui i nostri valorosi amici dovettero pure sostenere un disugualissimo combattimento e finalmente disperdersi perseguiti dall'accanita sbirraglia.

44

CAPITOLO LXXIII
CORRUZIONE DELLE GENTI

Quando si pensa alla depravazione a cui hanno condotto le genti questi due ultimi abbominevoli governi d'Italia coll'oro del popolo e della reazione mondiale, è cosa da fare spavento!

Dalla posta vi arrivano le lettere insignificanti dopo d'esser state aperte dalla polizia, ma nessuna di quelle che contengano ombra di politica giunge fino a voi. I segreti di famiglia e d'amicizia difficilmente rimangono inviolati dalla gran calca di spie, coll'abito sacerdotale o laico, che infestano questa società corrottissima.

In fine si potrebbe asserire senza pericolo di allontanarsi dal vero: che la metà del popolo vive faticosamente ed a stento pagando le intemperanze e le scelleraggini dei governi.

L'altra metà è pagata grassamente dai suddetti governi per opprimere, combattere e spiare la prima.

Se sieno questi governi conformi alle aspirazioni nazionali verso il bene lo lascio giudicare dalle nazioni che ponno guardare pacatamente dal di fuori all'infelice condizione d'Italia.

CAPITOLO LXXIV

IL ROVESCIO

Gli eroici Cairoli ed i loro compagni pagavano col loro sangue il sublime loro patriottismo e la generosa solidarietà cogli insorti Romani. L'alba del 24 ottobre, piovosa, fosca, malinconica, foriera di nuove sventure Italiane, rischiarava la infantile e nobile fisionomia di Enrico, il nuovo Leonida, del fratello suo Giovanni, e di molti altri di quella stupenda brigata. Il primo, morto col sorriso del disprezzo sulle labbra per la bordaglia che gli avea combattuti, dieci contro uno; Giovanni, quasi mortalmente ferito accanto al cadavere dell'amatissimo fratello e tutti gli altri di cui la storia registrerà i gloriosi nomi, morti o malamente feriti

Pochi furono i superstiti dei valorosi settanta e quei pochi lasciarono il campo per riunirsi ad altri fratelli che pugnavano nello stesso tempo contro le orde straniere fuori delle mura di Roma.

L'impresa di Guerzoni per impadronirsi delle armi esistenti fuori di porta S. Paolo da lui condotta coll'intrepidezza spiegata in cento combattimenti era fallita per l'ovvia ragione che la gioventù Romana sotto a' suoi ordini non avendo armi, fu costretta di sottrarsi ai colpi dei mercenari e disperdersi. Lui e Castellazzi dopo molte prove di valore e di risoluzione disperata furono trascinati dallo sbandamento del popolo ed obbligati di appiattarsi per aspettare una nuova opportunità d'insorgere.

Cucchi, Bossi, Adamoli, alla testa del loro nucleo di popolo fecero prodigi di valore, e s'impadronirono di una parte della caserma degli zuavi armati di soli revolver e coltelli. Vi furono delle pugne tra popolani e papalini, ove coi denti, in mancanza di altre armi, furono sbranati i nemici. Ma qui pure bisognò cedere al numero, alla disciplina ed alla superiorità delle armi e qui pure il chiarore dell'alba del ventiquattro, presentò ai passeggieri impauriti un mucchio di cadaveri e di morenti da far raccapriccio.

Ecco in qual modo si consolidava il trono crollante dell'angelico, raffermato nella strage dei poveri Romani operata dalla schiuma di canaglia di ogni nazione, sostenuta dalle baionette dei soldati di Bonaparte.

"Pronti ragazzi!" sciamarono quasi ad una voce Orazio, Attilio e Muzio. "Pronti!" e quest'ultima voce non era ancor pronunciata quando una valanga di papalini irrompeva contro il portone del lanificio.

Di dentro s'eran smorzati tutti i lumi in modo che i bìrri, veduti dai nostri, non potevano scorgere particolarmente nessuno dei figli della libertà. Così i primi che si attentarono di varcare la barricata caddero col cranio fracassato dalle terribili scuri di Orazio e di Muzio, dallo spadone d'Attilio e da altri istromentì di difesa adoperati dai loro valorosi compagni.

Però una perdita ben importante soffrirono i nostri in quel primo assalto benché respinto: una palla di revolver avea trafitto nel cuore il valoroso Orazio mentre, rovesciati colla scure i primi assalitori, disdegnando combattere al coperto aveva sporta la persona al disopra della barricata per raggiungere nuovi nemici.

Il principe della campagna romana cadeva, come la quercia della foresta sotto la scure e la robusta sua destra stringeva ancora la propria arma benché fosse già morto.

"Irene!" fu l'ultimo suo pensiero e l'accento che ultimo uscì dalle sue labbra. Ed Irene sentì l'anima trafitta da quella voce morente!

Quantunque le tre donne non prendessero parte alla difesa del portone pur stavano a poca distanza da coloro il cui palpito batteva nel lor proprio cuore.

Irene giunse la prima, ove la voce del diletto della sua vita la chiamava e, visto Orazio che era rimasto giacente sopra alla barricata, la bella donna, incurante del proprio pericolo, volle salire pur essa, ma cadde colpita nella bellissima fronte da una palla de' moschetti che i mercenari dopo il loro insuccesso sparavano rabbiosamente nel vuoto del portone.

Lascio pensare con che animo i due amici ancor vivi e le loro care facessero trasportare nell'interno quelle salme preziose. Infelici forse più i superstiti che gli amici estinti.

Intanto il lanificio era divenuto un carnaio poiché riuscivano inutili le ammonizioni dei capi ai popolani affinchè si tenessero al coperto.

Vi sono dei momenti di parossismo durante la pugna nei quali la morte perde tutto il suo orrore e ammiri tale che sarebbe fuggito dinanzi ad un cavaliere disarmato, non far caso di una grandine fitta di fucilate che lo prendono a bersaglio.

Accadeva così a quei poveri e valorosi operai. Non vedevano più il gran numero di truppe che li accerchiavano, non la moltitudine di coloro che sparavano contro il portone. Andavano di su e di giù per tutti i versi e senza precauzione, e si facevano miseramente ferire e inutilmente. Così il numero dei difensori diradava ed aumentava quello dei cadaveri e dei feriti.

Attilio e Muzio presentivano il loro fato ed erano risoluti di affrontarlo colla pienezza del loro eroismo. Ma Clelia! ma Giulia! perché dovranno morire anche esse? Così giovani, così belle…?

"Va Muzio,—diceva Attilio,—persuadile finché c'è tempo ad uscire dalla parte di dietro dello stabilimento e mettersi in salvo. Di' loro che noi le seguiremo più tardi".

Colle sue ultime parole il generoso romano mentiva, perché ben sapeva che mai le avrebbe seguite. Egli aveva già assaporata la voluttà del martirio e non l'avrebbe ceduto al prezzo di un impero.

Ma chi è piombato là in mezzo quasi per miracolo arrampicandosi per una finestra come uno scoiattolo? Chi può essere che cerchi di entrare in quel finimondo negli ultimi e luttuosi momenti? il nostro lettore forse lo indovina.

John! il bravo John salvato dal naufragio da Orazio a cui s'era legato con singolare affezione. Avendo avuto parte in tanti successi dei nostri eroi il piccolo John aveva ottenuto il privilegio di lasciare lo Yacht a Livorno, o dove meglio gli piacesse, a dispetto del capitano Thompson ed anche dell'Aurelia e venire a passare alcuni giorni co' suoi amatissimi amici e la sua signora.

Egli era già in Roma durante questi ultimi tremendi avvenimenti e aveva bravamente affrontata la mitraglia sul ponte e s'era poi col popolo ritirato nel lanificio. Di qua però era immediatamente partito, perché Giulia, lo aveva inviato a cercar notizie del come andasse l'insurrezione sugli altri punti di Roma. Ora tornava e noi lo sappiamo con novelle tristissime. Nella sua qualità d'inglese e coll'elasticità che lo distingueva egli aveva assistito a quasi tutte le pugne e coi propri occhi s'era reso certo dei resultati infelici.

Attilio e Muzio ben conoscevano, come dissi, la sorte loro serbata e sapevano pure essere quasi impossibile che le donne potessero uscire dalla parte posteriore del lanificio. Per tentarlo esse avrebbero avuto bisogno della lestezza ed agilità del giovane marino seguendo, nell'uscire, la via aerea ch'egli aveva trovata per giungere nell'interno.

Alle esortazioni che avevagli fatte Attilio così Muzio rispose: "Io dirò alle donne tutto quello che vuoi. Ma credo in prima impossibile che oramai si possano mettere in salvo poi ritengo per fermo che anche potendolo non lo vorranno".

Fra gli operai superstiti che si trovavano alla difesa del portone si scorgeva un canuto. Questi prestava orecchio alla conversazione dei due capi e alle ultime parole di Muzio intervenne, dicendo: "Se vi preme ritirarvi da questo luogo e salvare voi e le donne vostre io conosco un andito segreto che vi condurrà certamente fuori di pericolo".

Un barlume di speranza, la speranza di salvare quelle carissime creature, balenò alla mente dei due amici i quali, non essendovi tempo da perdere giacché i nemici si preparavano ad un nuovo assalto, vollero tosto seguire il provvidenziale consiglio del vecchio operaio.

Muzio si avvicinò a Giulia e Clelia che non erano lontane e mettendo innanzi la condizione, che Attilio e lui le avrebbero seguite nel sotterraneo dove toccava loro come capi a scendere gli ultimi e non i primi, giunse a rimoverle dal loro ostinato diniego. Così fu stabilito che s'inoltrassero nel sotterraneo sotto la scorta del vecchio Dentato e di John. Le altre donne seguirebbero la marcia e per ultimi i nostri amici con quanti restavano ancora dei difensori del lanificio.

E i feriti? Se vi è una circostanza disgustosa, odiosa, terribile in questi macelli d'uomini che si chiamano battaglie, essa è certamente quella di dover abbandonare i propri feriti al nemico!

Poveri feriti! In un istante i volti dei vostri amici, dei vostri fratelli che vi compiangevano e vi assistevano con tanta amorevolezza spariranno! e al lor posto verranno i ributtanti, orridi, millantatori ceffi dei mercenari, che secondo la lor scellerata natura, infrangendo ogni diritto di guerra e delle genti, vorranno bagnare le negromantiche baionette nel sangue vostro prezioso!

Codardi! loro che fuggirono davanti a voi; loro, cui concedeste generosamente la vita sorretti ora da ventimila soldati del due Dicembre si son rifatti arditi e, perversi!, hanno dimenticato che vi devono l'infame loro esistenza!

In S. Antonio (America) eran pur italiani che pugnavano contro soldati del despotismo! e molti e moltissimi furono i feriti! Là sugli omeri dei fratelli e sui cavalli si dovevano trasportare i feriti ed uno solo vivo non rimase nelle mani dei cannibali di Rosas.

E sono forse da meno i cannibali del prete? Nella stazione di Monterotondo dove dopo il glorioso assalto del venticinque Ottobre giacevano tre feriti in attesa del convoglio che li trasportasse a Terni giunsero i soldati del papa e, degni seguaci degli inquisitori, si divertirono a trucidare quegli infelici nostri compagni a colpi di baionetta e col calcio dei fucili.

Oh! Italiani! non lasciate mai in poter del nemico i vostri feriti! È troppo miserando spettacolo! Se non verranno macellati rimarranno esposti per lo meno agli scherni ed alle beffe di chi sciaguratamente è assuefatto a disprezzare l'Italia!

Attilio e Muzio, stanchi e piagati, non vollero abbandonare i feriti all'insulto ed al ferro dei soldati pretini.

Nel sito più basso del lanificio, all'estremità d'un immenso lavatoio per la lana scorgevasi una porta di quercia massiccia, la quale sembrava a primo aspetto dover dare sul canale delle acque, canale che probabilmente andava a sboccare nel Tevere parte del Tevere egli stesso. E il canale esisteva davvero, ma la porta metteva invece in un sotterraneo, a traverso un ponte costrutto sul canale stesso.

Per quel sotterraneo cominciò a difilare la pietosa processione di donne, di feriti e d'assistenti quando ogni speranza, non di vincere, ma anche di resistere, era venuta meno.

Ma nella città pretina, colla corrotta miserabile educazione della menzogna e dell'ipocrisia, troppi sono i traditori ed un traditore vi fu che gettando uno scritto da una finestra mentre scendevano i popolani, avvertiva gli sgherri della ritirata dei difensori.

L'assalto allora non venne più a lungo differito. Una moltitudine sempre crescente di mercenari e di birri s'avventò sulla barricata del portone e lo invase mentre ben pochi eran rimasti i difensori.

Attilio e Muzio, se, più amanti della propria salvezza, dati si fossero alla fuga, forse avrebbero potuto salvare la vita ma!… erano troppo disdegnosi quei due veri romani e non fuggirono! ed arrestarono per un pezzo combattendo disperatamente a corpo a corpo l'irrompente ciurmaglia.

Dei nemici ne furono molti abbattuti, e un mucchio di morenti e di cadaveri attestava l'eroismo della disperata difesa. Però gli eroi, come i codardi hanno una vita sola! e troppi eran gli assalitori onde alla fine l'uno accanto all'altro esalarono l'ultimo sospiro anche i due valorosi campioni della libertà Romana!

Dentato, il canuto operaio che aveva assistito a quest'ultima pugna, vedendo ogni speranza svanita, pratico come era del sito, col favore delle tenebre guadagnò il lavatoio, poi il sotterraneo e chiuse su quella scena di sangue la porta di dentro e la sbarrò come poteva meglio.

Gli assassini stipendiati dal prete altro incentivo non avendo che la depredazione e la strage innondarono colla speranza di bottino ogni parte del lanificio che più oggetti conteneva da rubare non curandosi del sudicio lavatoio donde eran fuggiti i superstiti difensori della libertà italiana. Ma il mattino vedendo che lo stabilimento altro non conteneva che cadaveri venne loro il dubbio della sotterranea fuga.

Cercarono, frugarono e trovarono finalmente la porta salvatrice ma il tempo trascorso, quello impiegato nell'abbattere le sbarre e il tempo per organizzare un'entrata regolare e cauta nelle tenebre diedero agio ai fuggitivi di mettersi in salvo dalla persecuzione.

Nei primi di Novembre 1867 scendevano alla stazione di Livorno tre donne, un vecchio ed un garzone sul fiore degli anni.

Con quella dolente famiglia stava una di quelle figlie di Albione che, quantunque mestissima e vestita a lutto, vi avrebbe fatto sentire la beatitudine della vita con un solo suo sguardo.

La sua dama di compagnia, non men bella, non meno mesta, mostrava nei lineamenti del volto quella squisitezza donnesca che Raffaello aveva amato nella Fornarina.

La terza pure di quelle donne era bella. Ma!… la sventura le avea troppo palesemente solcata la fronte e cert'arìa quasi di demenza si discerneva sul suo viso.

Il canuto, che Giulia non avea voluto abbandonare alla miseria, badava al bagaglio.

John, colla disinvoltura dei suoi tredici anni, dava mano alle donne nello scendere dal convoglio; poi, avendo scoperto il capitano Thompson con l'Aurelìa che erano là ad aspettarli, d'un salto fu nelle braccia di lei che lo amava come un figlio quantunque lo giudicasse un po' troppo biricchino.

"Li ho baciati cadaveri!" mormorò John alla matrona ed una lagrima rigava la rosea guancia del biondo figlio della Britannia. Egli accennava ad Orazio ed Irene che tanto lo avevano amato ed eran stati i suoi salvatori.

L'abbracciarsi delle donne fu scena di pianto che l'una versava sul seno dell'altra senza poter pronunziare una sola parola.

Dopo avere assistito a quella muta scena per un pezzo, lui pure intenerito, il buon capitano Thompson, alzò il capo e dirigendosi alla sua signora in inglese le disse:

"Lo *Yacht* è là al molo che aspetta i vostri ordini se mai desiderate andare a bordo".

"Sì, Thompson, a bordo, e metteremo alla vela subito per uscire d'Italia. È una terra, come dice Alfieri, ove la pianta uomo nasce più robusta che dovunque e gli stessi atroci delitti che vi si commettono ne sono una prova". Non molto tempo dopo lo *Yacht* veleggiava superbo verso la *merry England*.

Giulia, tornata nella terra natale, continuò le sue affettuose cure alla nuova famiglia alla quale non tardarono a riunirsi Manlio e Silvia rimasti fino allora nella *Solitaria* e giurò che non tornerebbe tra questo popolo infelice se non quando Roma, libera dalla peste pretina, le permetterebbe d'innalzare un monumento al diletto del suo cuore ed ai suoi eroici compagni.

APPENDICE
GLI ULTIMI EPISODI DEI VOLONTARI
FATTI ISTORICI
ACQUAPENDENTE—MONTE LIBRETTI—VEROLA—MONTEROTONDO—
MENTANA

Brevi ma sanguinosi furono gli ultimi episodi della vita militare dei volontari italiani allo scorcio del 1867.

Fatti eroici di molti prodi lì segnalarono; ed un assalto che le tenebre della notte coprirono, e che fu degno del più splendido sole. Se ne ricorderanno i mercenari del prete che chiesero impauriti la vita dopo che s'erano macchiati contro i loro vincitori con atti infami da veri vandali quali sono e saranno sempre.

Se la mia penna troppo sovente s'intinge nel fiele e se sovente si tempera non col gentile temperino ma coll'acuto triangolare, terribile pugnale del carbonaro, ne ho ben donde!

E chi potrebbe contemplare impassibile, questa terra benedetta da Dio, così maledetta dagli uomini? Chi potrebbe mirare indifferente gli sforzi d'una nazione infelice, ma generosa, annientati da una caterva di epuloni traditori che con inaudite nefande scelleraggini vendono per il loro personale interesse, la terra ove nacquero, il popolo che li sorregge de' suoi averi e del suo sangue, a spregevole tiranno straniero?

Il papato! Quel cancro del corpo italiano è all'agonia. L'Italia intiera ha compreso che non c'è vita, non prosperità possibile con quell'inferno di vivi. Da tutti gli angoli della penisola si alza una voce di entusiasmo, di giubilo, per il prossimo esterminio del mostro. Privati, Municipi, stranieri, amici contribuiscono con ogni mezzo a sovvenire la schiera dei liberatori. Finalmente! la terra italiana sarà lavata da tanta lordura!

La gioventù coraggiosa si accalca nelle file degli iniziatori per aver parte nella gloria. Acquapendente, Monte Libretti, Monterotondo echeggiano dell'inno della vittoria che i valorosi italiani riportarono sui mercenari stranieri. L'Agro Romano è sgombro dall'infesta loro presenza. I ponti che conducono alla città eterna saltano in aria allo scoppio delle mine e preti e mercenari e birri dopo avere barricate le porte si rintanano impauriti e tremanti dentro Roma.

Era finita! Il mondo intiero salutava festante i giovani redentori dell'umanità oppressa, ingannata, tradita per tanti secoli! Ma…

Ma!… a Parigi e a Firenze congiuravano i fautori delle sciagure de' popoli, i sostenitori della ingiustizia, della menzogna. Gli uni apparecchiavano le navi e le soldatesche, gli altri più perversi e più codardi, gettavano tra il popolo tradito la paura, la diffidenza e, nelle file dei vincitori degli sgherri, la corruzione e lo sconforto.

Mentana fu il risultato di tante mene scellerate!

Dopo avere gettato Io sconforto nelle schiere dei volontari, impedito che soccorsi loro giungessero, disarmato coloro che potevano esserlo senza pericolo, (perché ognuno di questi tradimenti si fece colla viltà che caratterizza sempre il gesuitismo governativo), dopo avere ingannato il paese e l'esercito coll'occupazione di *alcuni punti* del territorio romano, col mentito pretesto di arrestare l'invasione francese; privato i volontari delle poche munizioni che si fabbricavano per loro nei generosi paesi di confine, eccitato alla diserzione molte migliaia di loro, dopo tutto ciò, si preparava Mentana.

E Mentana poteva riuscire un secondo Trenta aprile ad onta di tante circostanze a noi sfavorevoli. A Mentana, io ho veduto i mercenari fuggire colle baionette alle reni dai nostri catenacci, senza munizione, fuggire davanti ai nostri giovani militi. A Mentana, per un'ora, i volontari hanno potuto passeggiare padroni del campo di battaglia sopra mucchi di cadaveri nemici.

Ma a Mentana dopo l'eroismo di tanti prodi caduti e mutilati sul campo si udì risuonare in mezzo ad una folla di traditori codardi la voce "duemila francesi hanno attaccato la retroguardia!" e quella voce divenne persistente, e quella voce ebbe colore di un fatto positivo talché a me stesso fu assicurato da gente che veritiera mi sembrava, coll'aggiungervi: "gli ho veduti".

51

Maledizione! Fino a che punto può giungere la perversità umana! e quale lezione per l'italiana gioventù!

Quei vittoriosi militi piegano in ritirata!... né odono più la rauca mia voce e quella dei prodi miei ufficiali!...

Ricordiamola questa recente storia: poi ditemi come si fa a non intingere la penna nel fiele, a non temperarla col pugnale!

RIEPILOGO
IL PANDEMONIO

Chi potrà negare: essere questa Italia un pandemonio?

Eppure! ove si trova un paese più favorito dalla natura: con un cielo unico, un clima stupendo, produzioni variatissime ed eccellenti, popolazioni vivaci e d'intelligenza non superata da altri popoli, soldati che sarebbero senza dubbio i primi del mondo, se fossero ben diretti, marinari non secondi a nessuno?

E tutti questi vantaggi, tutti questi favori della natura sono annientati dalla connivenza, dal mutuo accordo de' preti con un pessimo governo.

Voi trovate miseria, ignoranza e debolezza, umiliazione allo straniero ove dovreste trovare abbondanza, sapienza, forza e fronte alta contro ai prepotenti.

Un governo avvilito, impopolare, invece di organizzare un esercito nazionale che potrebbe stare a fronte dei primi eserciti del mondo si contenta, agglomerando carabinieri, a guardie di sicurezza e di finanza di ridurre l'arte di governo a sprecare il denaro della nazione in spaventose spese segrete.

Una marina che potrebbe gareggiare colle più floride è ridotta al punto da far compassione per non volerla mettere in mano a gente onesta e capace.

E Marina ed Esercito se ne udite gli ufficiali: non sono capaci a far la guerra a chicchessia e solo si adoprano a reprimere le aspirazioni nazionali, ad appoggiare gli atti repressivi e liberticidi del governo.

I DUE TRADIMENTI

Due tradimenti abbominevoli furono perpetrati da questo inqualificabile governo nel breve periodo che corse da ottobre a novembre 1867, circa alla questione Romana.

Profittando della mia relegazione a Caprera ed ingannando come sempre tutto il mondo, il governo fece assicurare dai nostri stessi amici i Romani che bastava tirassero *poche fucilate anche all'aria* peché l'esercito italiano marciasse immediatamente su Roma.

Ed i Romani, poveretti, fecero le fucilate, mandarono all'aria una caserma di zuavi e combatterono senz'armi nelle vie delle città, e fuori, come poteva combattere un popolo in quelle tristissime condizioni.

Ma questo Governo ingannatore pensò forse a far muovere un solo soldato italiano alla volta di Roma? Così furono sacrificati gli eroici Cairoli e i loro compagni, così un numero grande di cittadini romani cadeva sotto le baionette dei mercenari stranieri o riempiva le orride prigioni del prete.

Non meno abbominevole fu il tradimento operato contro i volontari.

Mentre si prometteva: che allo sbarco del primo soldato francese l'esercito marcerebbe su Roma, il Governo per ingannare il paese occupò *alcuni punti* (!) del territorio Romano e guarnì la frontiera d'un numero considerevole di truppa, ma per disarmare i volontari come successe ad alcune compagnie e per chiudere loro tutte le vie acciocché nessun sussidio potesse più giungere dai loro fratelli e dai comitati di soccorso. Così isolati, i volontari e privi d'ogni soccorso, massime dell'essenziale, le munizioni, che si sapeva che mancavano; avendo il Governo ed i preti coi mezzi gesuitici che loro soli conoscono gettato lo sconforto e la demoralizzazione tra quei giovani militi ne seguì poi l'esecuzione dell'infame e diabolico divisamento di distruggerli.

Occupata Roma dai francesi e parte del territorio romano dalle truppe del Governo, l'esercito pontificio in massa potè liberamente operare contro i volontari. Ma siccome i mercenari pontifici erano impauriti dalle recenti sconfitte non osavano da soli affrontare i nudi e male armati militi della libertà. Si decise di far sostenere i soldati del papa dall'esercito francese.

Il Governo di Firenze, non credette necessario di aver la sua parte di gloria nel combattimento di Mentana, aggiungendo le sue truppe agli alleati, oppure credè con ragione che il popolo italiano non avrebbe tollerato tanto cumulo di scelleraggini che così *brutto governo* avrebbe certo consumato senza rimorso. Per questo s'accontentò di privare i volontari dei loro naturali soccorsi, gettare la diffidenza e lo sconforto nell'animo dei nostri giovani ed impressionabili militi, e coll'arma al braccio fece assistere l'esercito nostro, il fiore della nazione italiana, all'eccidio di italiani.

Ben tornò ai soldati del papa l'esser sostenuti da quelli di Bonaparte, poiché essendo cominciato il combattimento di Mentana alla una p. m. del giorno tre novembre tra papalini e volontari dopo due ore di accanito combattimento i mercenari avevan piegato su tutta la linea ed i nostri marciavano sui loro cadaveri inseguendo i fuggenti.

Ma la nuova linea degli imperiali, sopraggiungendo e trovando le nostre giovani milizie in quel disordine, ben naturale a gente poco disciplinata, in tale circostanza le obbligarono a retrocedere…..

Così si compivano due osceni ed esecrandi tradimenti, ai quali riscontro non può offrire alcuna pagina della storia del mondo.